숨,

나와 마주 서는 순간

숨으로 인생을 헤쳐온 제주해녀가 전하는 나를 뛰어넘는 용기

숨, 나와 마주 서는 순간

서명숙 글 · 강길순 사진

북하우스

프롤로그

내 삶의 스승, '해녀들의 이야기'

불가사의한 여신, 제주해녀들

기자직을 그만두면서 결심한 것이 하나 있었다. 앞으로는 절대로 남의 이야기, 내가 겪어보지 않은 이야기는 쓰지 않겠다는 것이었다. 그런 결심이 해녀들을 만나면서 흔들렸다. 살아서 여신이 된 해녀의 이야기를 기록하고 싶어진 것이다. 그녀들이 내게 들려준 삶의 메시지를 다른 사람들에게 전하고 싶었다.

서울 생활 31년 만에 올레길을 내기 위해 고향 제주도로 귀향했다. 올레길을 내는 동안 가장 많이 만난 사람들은 올레꾼 이전에 해녀 삼촌들이었다(제주에서는 친척뻘 삼촌이 아니어도 나이 많은 어르신을 '삼촌'이라고 부른다). 길이 끊어진 해안길에 혹시 오래된 옛길이 숨어 있는지 묻기 위해서 만났으며 그녀들에게 마을길을, 해녀 탈의장을 지나가는 길을, 해산물을 짊어지고 오는 길을 내달라고 사정하느라고 만났다.

열아홉 살에 대학 진학을 위해 제주를 떠나기 전까지 많은 해녀들을 보았다. 그녀들은 이웃집 아주망(아주머니)이자 친구의 엄마들이었다. 그러나 어린 나이였던지라 해녀들에 대해 관심이 없었고 알려고 들지도 않았다. 그녀들을 다시 만났을 때, 나는 대도시에서 직장 생활을 하면서 이른바 '산전수전 공중전 백병전'까지 다 겪은 50줄에 막 접어든 중년 여자가 되어 있었다. 직업과 살아온 내력은 다르지만 인생을 얼추 살아낸 중년 여자들끼리 어느 정도 공감대가 형성될 만한 나이에 해녀들을 다시 만난 것이다.

만나면 만날수록 해녀는 불가사의한 존재였다. 해독 불능이었다. 기자 생활 25년 동안 나는 수없이 많은 직업군의 사람들을 만났다. 대통령, 국회의원, 장관, 공무원에서부터 사기꾼과 조폭에 이르기까지. 그러나 해녀들은 내가 접했던 직업군 중에 가장 난해했고, 한마디로 규정하기 힘든 존재였다.

모순적 존재의 해녀들

그녀들은 오로지 자신들의 노동의 힘으로 생계를 꾸려가는 만큼 21세기의 어느 여성들도 못 따라올 만큼 독립적이고 주체적이면서도 19세기적인 가부장제와 남아 선호사상에 얽매여 있었다. 또한 자영업자처럼 매우 개인적이면서도 공동체의 일에는 군말 없이 똘똘 뭉치는 면모를 보였다. 자기들끼리는 소녀들처럼 웃고 떠들다가 카메라만 들이대면 삿대질을 하면서 화를 냈다. 지나가는 올레꾼에게 밀감을 거저 건네줄 만큼 인심이 좋은데도 해안에 밀려온 소라 하나라도 그냥 가져가면 목청을 한껏 돋웠다. '잠수병'으로 이명과 두통을 호소하면서도 그 나이 또래의 아주망이나 할망들보다 훨씬 건강해 보였다. 실로 모순적 존재의 여신들이었다.

자연히 해녀들에 대한 호기심이 일어서 이런저런 자료집과 기록들을 들춰보았다. 아, 거기에는 제주 출신이면서도 그동안 내가 너무도 무지했던 해녀들의 역사가, 그녀들의 애환이, 쓰라린 현실이 담겨 있었다. 이 기록물들을 읽다 보니 해녀들의 불가사의한 이중적인 모습, 해독 불가능한 태도가 어느 정도 이해가 되었다.

시간이 더 흐르면서 해녀 삼촌들은 내게 인생의 스승이 되었다. 시대적·계층적으로 철저한 '을'이었던 해녀들은 엄혹한 일제시대에 해녀 항쟁으로 집단적 저항을 했다. 자신들은 무학이거나 고작 초등학교를 졸업한 것이 다였으면서도 마을에 학교를 세우는 데 힘을 보탰다. 목숨 걸고 잡은 전복이나 해삼을 물질 못하는 동료에게 슬쩍 보태주기도 했다. 물질해서 평생 모은 돈을 남편과 자식이 탕진해도 "사람을 잃지 않았으니 다행"이라고 담담하게 말했다. 해녀들끼리 불턱에서 나눈 대화는 절대로 다른 데로 옮기지 않았고, 고된 일이 끝나면 수다와 노래로 그간의 피로를 풀었다. 자신들의 길을 내주었으면서도 도리어 올레길을 내준 게 고맙다고 말했다.

올레길을 내면서, 또 올레길을 낸 후 크고 작은 일들을 겪을 때마다 그녀들은 내게 "살암시민 살아진다"고 했다. 그들이 들려준 단순한 그 한마디가 그 세월을 버티게 해준 잠언이 되었다. 그녀들은 그 뒤에도 인생 후배인 내게 교훈이 될 만한 이야기를 종종 들려주었다. 아니, 스스로 그러한 삶을 보여주었다. 바람과 바다로부터 인생의 파도를 헤쳐나가는 지혜를 배운 게 아닐까 싶었다.

"어멍, 아방(어머니, 아버지)은 해준 게 없어도 바당(바다)이 모든 걸 내어주었다. 바당이 우리 은행이고 창고"라고 그녀들은 말한다. 자식을 앞세운 설움도 바다가 다 씻어주었다고 말하는 해녀도 보았다. 그녀들에게 제주 바당은 정신적·물질적 지주인 셈이다.

이 책은 올레길을 낸 이후 8년 동안 발로 쓴 기록이다. 1960년대부터 제주해녀를 연구해온 고故 강대원 선생을 비롯하여 많은 연구자들의 기록에 빚진 바도 크다. 전문적인 연구서가 아닌지라 일일이 각주를 달지는 않았지만, 책의 뒷부분에 참고 문헌으로 갈음했다. 이 책을 읽고 해녀에 대한 애정과 관심이 생겼다면 그 책들을 읽어보기를 충심으로 권한다.

이 책을 내는 동안에 빚진 사람은 또 얼마나 많은지. 제주올레 초대 탐사대장으로 해녀 삼촌들과 스스럼없이 어울리다가 급기야는 가파도 해녀와 결혼까지 한 동생 동철이, 수많은 자료를 조달해준 안현미 작가와 달리 도서관, 지칠 때마다 배터리가 되어준 올레 칠선녀와 십자매, 그리고 올레 가족들께 감사를 전한다. 또한 긴 세월 해녀에 대한 애정으로 사진을 찍어온 강길순 사진작가는 부족한 글에 생명을 불어넣어주었다.

해녀의 생

허영선

해녀들은 생의 마지막에
둥근 파도소리를 듣는다
묵은 생의 지붕을 달래주던 소리
새로운 생을 함께하던 그 소리
파도와 함께 해녀들은 바다새처럼
파도소리를 내며 생을 다한다
파도는 이미 아기 잠녀로 착지할 때
살 속 깊숙이 알처럼 박혀들었던가
생의 파편이 튀어들 듯이
끝내는 늙어 두터운 거죽으로 층을 쌓았다
한 순간도 도전 없는 날 없었다
그때
도전하고 살아남아 해녀를
살린 건 아마 유전적 비호였으리
슬쩍 스치기만 해도 뼈가 부서질 그 시간
해녀는 묵은 것들의 힘을 믿는다
발효향은 그대로는 익지 않는다
기다릴 줄 알아야 된다
그렇다면 우린 모두
어쩌면 해녀의 생 아니겠는가
아마도 먼바다 사투에서 살아남아
돌아오던 해녀의 생 같은 것 아니겠는가

차례

제3부 고수들의 신세계

제4부 해녀학교를 아시나요

올레길을 내고, 걷고, 가꾸는 지난 8년 동안 얼마나 많은 해녀 삼촌들을 만났는지 모른다. 그들은 마을도 달랐고, 연배도 달랐고, 얼굴 모습도 달랐고, 각자 지닌 사연도 달랐다. 대학교수 아들을 둔 해녀, 벌어들인 돈으로 과수원을 몇 개나 사들인 부자 해녀도 있었다.

그러나 바람 타는 섬, 제주여서였을까, 내 타고난 성정 탓일까. 이상하게도 바람 많은 삶, 파도처럼 거친 삶, 너울처럼 갑자기 덮친 운명에 휩싸인 삼촌들의 이야기에 마음이 더 끌렸다.

그들 중 몇몇의 이야기를 기록하면서, 여전히 인생의 파도를 가파르게 넘고 있는 수많은 대한민국의 이들에게 그녀들의 이야기를 꼭 들려주고 싶다.

제1부

살아서 전설이 되다

TEMPERED GLASS (3)

살암시민
살아진다

그녀를 처음 만난 건 8코스 올레길을 한창 탐사하던 2008년 초 여름께였다. 중문해수욕장 모래사장을 건너서 하얏트호텔 산책로로 통과하는 일은 어렵사리 성사됐지만, 문제는 그다음부터였다. 산책로가 끝나는 지점에서 바다로 내려가지 못하면 아스팔트 도로에 번다하게 건물이 들어선 중문관광단지를 지나야만 했다. 올레 탐사대장인 동생 동철이와 나는 중문해수욕장 입구에서 장사하는 색달리 해녀 삼촌들에게 바닷길이 있는지 묻기로 했다.

파라솔 밑에서 해산물을 파는 해녀들에게 길을 물었더니 '대장 할망(할머니)'에게 물어보란다. 대장? 해녀회 회장이나 어촌계장은 들어봤지만 해녀 대장이라는 용어는 금시초문이었다. 그녀들이 가리키는 곳에는 70대쯤으로 보이는 훤칠한 키의 해녀가 있었다. 그녀에게 조심스레 다가가서 물었더니 단박에 퉁명스러운 대답이 돌아왔다. "길? 바당에 무슨 길이 이시냐?" 두 말도 못 붙이게 만드는 단호한 표정과 어투였다.

하지만 어지간해서는 물러날 줄 모르는 동철이였다. "길 어시민 삼촌들은 논짓물 근처에서 물질 끝나민 어디로 나왐수과(길 없으면 어르신들은 논짓물 근처에서 물질 끝나면 어디로 나오세요)?" 해녀 대장이 대답했다. "어디로 나오긴? 쩌기 동굴 이신 디로 나오주게. 하도 굴탁굴탁해부난 딴 사람들은 절대 못 걸어. 우리난 걷지. 거길 무사 걷젠 허멘(어디로 나오긴? 저기 동굴 있는 데로 나오지. 너무 울퉁불퉁해서 다른 사람들은 절대 못 걸어. 우리니까 걷는 거지. 근데 거기를 왜 걸으려고 하냐)?" 이제는 아예 의심스러운 눈초리로 우리를 쳐다보았다.

동철이는 쾌재를 부르면서 해녀 대장이 일러준 그 바닷길로 나를 끌고 갔다. 일명 '조른모살' 해안을 다 건너니 깎아지른 듯한 바위가 우리 앞을 가로막았다. 어찌어찌하여 그 병풍바위를 넘어서니 숨이 턱 막힐 만큼 아름다운 풍광이 펼쳐졌다. 두 개의 해식동굴을 거쳐 바다의 교향악이 울려퍼지는 갯바윗길을 엎어지고 미끄러지면서 뚫고 나오니 논짓물이었다.

오랜 세월 색달리 해녀 삼촌들만 걸었을 '해녀의 길'. 망사리(해녀들이 잡은 해산물을 넣는 그물망) 가득 물건을 짊어지고 걸어오는 그 길은 얼마나 고달프고 멀었으랴. 그러나 그 안에 감춰진 바다 풍경은 제주 제1경이라고 해도 손색이 없을 만큼 아름다웠다. 그 비밀의 공간이 빚어내는 아름다움을 보았기에 포기하기에는 너무 아까웠다. 자연을 훼손하지 않고 길을 평탄하게 만들 수만 있다면 올레꾼은 물론이거니와 해녀 삼촌들에게도 도움이 될 것 같았다.

결국 제주지역 방어사령부에 도움을 요청했고 해병대 93대대에서 파견된, 솜털이 채 가시지 않은 나이 어린 사병들이 복더위에 구슬땀을 흘리면서 울퉁불퉁한 바위를 높이에 맞게 재배치하는 평탄화 작업을 수행한 끝에 보통 사람도 걸을 수 있는 길을 만들어냈다. 이 구간은 '해병대길'로 불리면서 올레꾼들 사이에서 최고의 명품 구간으로 떠올랐고, 자연히 색달동 해녀들의 해산물 좌판도 문전성시를 이루었다.

남다른 해녀 대장의 카리스마

풍광에 매료된 우리는 틈만 나면 그 길을 걸었고, 반드시 해녀들의 파라솔 좌판을 찾았다. 시나브로 해녀 대장과 친해지게 되었다. 자연스레 해녀 대장의 이름과 나이를 알게 되었는데 이를 알고 얼마나 놀랐던지! 고인오 할망의 나이는 무려 여든하고도 다섯이었다. 그 연세에 허리 하나 굽은 데 없이 현역으로 물질을 하고, 물질이 끝나면 장사까지 해낸다니 놀라울 따름이었다.

대장 할망이 말했다. "바닷가에서 배낭 메고 길을 묻길래 간첩인 줄 알아신디, 하마터면 신고헐 뻔해신디. 덕분에 장사도 잘되고 물질 끝낭(끝나면) 걷기도 좋으난(좋으니) 정말 고마운 일이주." 동철이는 자기보다 훨씬 나이 많은 해녀들에게도 '무주애' '명선아'라면서 이름을 부르고 말을 놓았지만, 해녀 대장만큼은 '어멍'이라고 부르면서 깍듯하게 받들었다. 대장 할망의 딸 명선씨 또한 어촌계장으로 현역들의 중심 역할을 하고 있다니, 지도자의 DNA가 흐르는 집안인 셈이었다.

고인오 할망을 만나면 만날수록 왜 주변 동료들이 그녀를 '대장 할망'이라고 부르는지 저절로 이해할 수 있게 되었다. 우연히 색달리 해녀들이 작업 시간 전에 모여서 무언가를 의논하는 광경을 목격한 적이 있었다. 억세고 강한 제주어로 제각각 떠드는데 도무지 결론이 날 조짐이 없었다. 그런데 그때까지 경청만 하던 대장 할망이 무언가, 아주 짧게 한마디를 했더니 좌중이 다 고개를 끄덕이면서 조용해졌다. 대장 할망의 카리스마가 유감없이 발휘되는 순간이었다. 딸 명선씨가 상황을 설명해주었다. 오늘 바다에 들 것인가, 말 것인가를 놓고 난상토론이 벌어진 참이었는데 대장 할망의 말에 결론이 지어졌다는 것이다. "우리 어멍은 웬만하면 안 나서는데 일단 나서면 다들 군말이 없어요."

해녀는 개별 단독자로서 일하는 자영업자인 동시에 목숨을 담보로 함께 물질을 하는 공동체의 일원이다. 이런 개성 강한 해녀들 사이에서 리더십을 발휘하려면 물질이면 물질, 인품이면 인품을 모두 두루 갖추어야 한다. 대장 할망의 카리스마가 작동한다는 건 그만큼 고인오 할망이 풍부한 물질 경험을 가진데다 본인 몫을 희생하면서 남들을 배려하는 미덕을 갖추었기 때문이다. 가끔 우리가 선물하는 먹거리를 다른 사람들을 다 불러서 먹인 뒤에야 본인 것을 챙기는 모습에서도 엿볼 수 있듯.

물질밖에 모르던 어린 새색시

고인오 대장은 개꺼시(갯마을) 색달 해안가 마을에서 나고 자랐다. 어머니도 해녀, 어머니의 어머니도 해녀였다. 어릴 적부터 친구들과 바다에서 살다시피 했고, 놀이를 하듯 자연스레 물질을 배웠다. 잠수가 놀이에서 직업이 된 건 열다섯 무렵이라고 그녀는 기억한다. '애기 잠수' 때부터 물질 하나만큼은 잘한다는 소리를 들었다.

열여섯에 집안 중신으로 한 살 많은 이웃 마을 총각에게 시집을 갔는데, 색달리와는 달리 '웃뜨르'(중산간) 마을이었다. 첫날밤 모든 게 낯설고 난생처음 보는 남편도 너무 어려워서 한밤중에 친정집으로 내달았다. 다음날 부모의 설득으로 겨우 시댁으로 돌아갔지만, 이번에는 물질 때문에 사달이 났다. 찢어지게 가난한 집안에 태어나서도 한학 공부를 놓지 않던 신랑은 물질을 하고 온 아내에게 불같이 화를 내면서 테왁을 마당에 내동댕이쳐 산산조각내고 말았다. 굶어도 좋으니 다시는 그런 천한 짓을 하지 말라면서.

하지만 물질밖에 모르던 새색시에게는 밭일이나 집안일은 영 맘에 붙지가 않고 익숙해지지도 않았다. 친정어머니를 찾아가서 하소연했더니 먼 친척이 쓰던 부서진 테왁을 고쳐서 딸에게 건네며 '남편 몰래 조금씩 하라'고 당부하였다. 어느 날 새색시는 바다에서 큰 전복을 따게 되었고, 새신랑에게 맛을 보라고 건넸다. 화를 낼 줄 알았던 새신랑이 빙새기(배시시) 웃더란다. "자네 참 재주가 좋소. 전복이 이렇게 맛난 줄 처음 알았네." 중산간 출신인 새신랑에게 전복은 맛의 신세계였던 것이다. 그날 이후 새색시는 신랑의 눈치를 안 보고도 물질을 하게 되었고, 주위에서 놀릴 만큼 금슬 좋은 부부는 곧 딸을 얻었다.

사별, 재혼, 아들의 방황, 모진 파도를 다 이겨내고

행복은 그다지 오래가지 않았다. 새신랑은 딸을 낳자마자 일제 강점기의 강제징용으로 바다 건너 일본 땅으로 끌려갔다. 건장하고 활달한 청년이었던 새신랑은 태평양전쟁(제2차 세계대전)이 끝나자 완전히 딴사람이 되어 돌아왔다. 그러고는 방안에 틀어박혀 헛소리를 중얼거리거나 온종일 꼼짝하지 않은 채 시름시름 앓다가, 서너 해 만에 세상을 떠나고 말았다. 당시 대장 할망의 나이 24살. 너무 어처구니없는 현실에 눈물조차 나지 않았다. "두린 딸허곡 어떵행이라도 먹엉 살아야 허난 딴생각은 헐 틈도 없었주(어린 딸이랑 어떻게라도 먹고살아야 해서 다른 생각은 할 틈도 없었지)."

워낙 인물 좋고 물질 잘하는 젊은 청상과부를 세상은 가만히 두지 않았다. 하도 성가셔 서방이 있는 게 낫겠다 싶어서 상처喪妻한 동네 유지와 결혼했다. 그 사이에 딸 하나 아들 하나가 생겼지만, 그 남편마저도 60대에 일찍 지병으로 세상을 뜨고 말았다. 물질이 없는 날에는 남의 밭일이라도 했고, 돈이 조금이라도 모이면 자투리 땅을 사들였다. 낙이라고는 일밖에 없었고 삶의 재미라면 돈 모으는 재미였다.

80년대 중반 중문관광단지가 조성되고 이후 색달리 해안에 '해녀의 집'이 들어서게 되면서 대장 할망은 그동안 해온 물질, 밭일, 집안일에서 벗어나 난생처음으로 장사라는 걸 시작하게 되었다. "어느 날 가리방(선글래스) 낀 남자가 양복쟁이들을 잔뜩 몰앙(몰고) 오더니 앞으로 잘 살게 될 거난(될 거니) 절벽 위에 나무 하나도 베어내지 말앙(말고) 잘 보존허렌 허길래 별 미친 소리를 다 들네 했주. 나중 테레비에 보난(보니) 그게 박정희 대통령이라. 중문관광관지 만들젠(만들려고) 미리 와본 거주."

그런데 먹고살 만해지자 외아들이 사고를 쳤다. 얌전한 순둥이였던 첫아들이자 막내였다. 너무 아까워서 애지중지 키운 게 화근이었을까. 같은 마을 해녀와 결혼한 아들이 서귀포에 와 있는 육지 출신 술집 여자와 바람이 나서 어머니가 맡겨둔 인감과 도장으로 땅을 하나둘씩 팔아치우는 걸 그녀는 까맣게 모르고 있었다. 마지막 다섯 번째 땅을 팔아치우던 날, 비로소 그녀는 저간의 사정을 알게 되었고 자식에게 통사정을 했다. 그때 아들은 말했다. 나중에 내가 벌어서 다시 사들이면 된다고. 모든 땅을 팔아치운 뒤에야 아들은 비로소 정신을 차렸고 60대로 접어든 지금까지 착실하게 농사일에 전념하고 있다. 가끔 잃어버린 땅이 생각날 때마다 대장 할망은 땅과 아들을 맞바꾸었다고 생각하고 만다.

드센 물살을 가르며 스스로 여왕이 되다

대장 할망의 내리사랑은 아들에 이어 손주에게도 이어진다. 자신의 뒤를 이은 상군 해녀로 어촌계장 자리까지 오른 둘째딸 명선씨의 아들은 그녀에게 눈에 넣어도 아프지 않은 귀한 손주다. 그 손주가 결혼을 해서 서귀포에 신접살림을 차리게 되자 그녀는 손주의 아파트를 사주었다.

대장 할망이 사는 색달동 집에 찾아간 일이 있었다. 앞집에는 작은딸 명선씨, 할머니의 안집에는 큰딸이 살고 있었다. 큰딸의 바깥채에 혼자 사는 그녀의 살림은 지극히 소박하고 단출했다. 유일하게 눈에 띄는 건 벽에 걸린 분홍빛이 도는 화사한 겨울 외출복 두 벌. 아끼는 손주가 사다준 것이라고 자랑스레 말한다. 조석도 직접 끓여드시냐고 물었더니 당연한 걸 묻는다는 투다. "먹구정 헐 때 먹고, 자구정 헐 때 자는게 최고로 좋주. 자식들이 밥 먹으렌 불러도 안 가(먹고 싶을 때 먹고, 자고 싶을 때 자는 게 최고로 좋지. 자식들이 밥 먹으라고 불러도 안 가)." 노인회관에는 웬만해선 가지 않는단다. 화투나 치고 남의 말이나 하는 분위기가 마뜩지 않고 외려 심심하단다. 올해 아흔두 살 대장 할망은 오늘도 이렇듯 독립적으로 일상을 꾸린다.

그녀의 인생은 온전히 희생자의 몫이었을까. 그녀의 물질은 지긋지긋한 고통스러운 업이었을까. 정작 당사자인 그녀는 도리질을 친다. 자식을 위해서 살기도 했지만 본인도 살 만했노라고, 물질이 힘들기도 하지만 나름 재미도 있다고. 집에만 있으면 삭신이 다 쑤시고 아픈데 정작 물에 들어가면 모든 걸 잊게 된다고 했다. 바다가 얼마나 아름다운 줄 아느냐고 그녀는 오히려 내게 되묻는다.

그녀는 자기는 물질 말고는 배운 게 하나도 없고, 아무것도 모르는 천둥벌거숭이로 시집을 왔다고 했다. 그러면서 그때를 생각하면 정말 기가 막힌다고 웃었다. 그러나 그녀는 그동안 내가 기자 생활을 하면서 만난 그 어떤 유명인사보다도 뛰어난 통찰력과 판단력을 지닌 인생의 선배였다. 이른바 '올레길 살인 사건'으로 극심한 마음고생을 겪을 때 우연히 그녀를 만났다. 그녀는 내게 단 한마디로 큰 울림과 위로를 건넸다. "살암시민 다 살아진다(살다 보면 다 살게 된다)."

그렇다. 거센 바람도 언젠가는 지나가고 거친 물결도 때가 지나면 잠잠해지는 법. 뭇 생명을 품은 바다가, 목숨을 건 물질이, 사나운 파도가 그녀에게 가르쳐준 교훈이었다.

해수욕장에서 장사를 할 때 그녀는 물안경을 머리 위에 얹어놓고 그 속에 돈을 넣어두곤 한다. 내게 인생의 큰 가르침을 전해준 그녀의 머리에 얹힌 물안경이 마치 여왕의 왕관처럼 느껴졌다. 금수저를 물고 세상에 태어난 공주가 아닌, 자신의 몸으로 드센 물살을 가르면서 스스로 여왕이 된, 살아서 여신이 된 여자의 왕관!

바당을 품은 여신,
강태여 할망민박

올레길이 열린 이듬해부터였다. 마치 올레길이 열리기를 기다리기나 한 듯이, 젊은 여성들이 올레길로 몰려들었다. 제주는 풍광이 압도적으로 아름답고 대중교통도 꽤 편리하게 되어 있는 편이었지만 난제는 숙소였다. 한국의 대표적인 관광지답게 호텔과 모텔 그리고 오래된 여관이 많이 있긴 했지만 젊은 여성들은 주변의 시선과 본인의 고정관념 때문에 이런 숙소를 찜찜해했다. 지금은 제주도 내에만 1천여 개가 넘는 게스트하우스가 생겼지만, 당시에는 외국인을 대상으로 하는 게스트하우스만 있었고 그마저도 두세 개밖에 없었다. 산티아고 길에서 '알베르게'(길을 걷는 순례자들에게 제공되는 저렴한 공동 숙소) 신세를 톡톡히 졌던 나로서는 너무나도 아쉽고 안타까운 상황이었다.

해법을 찾아 끙끙거리던 중에 한 젊은 여성이 올레사무국 홈페이지에 올린 후기가 눈에 들어왔다. 올레 1코스를 처음 걷기 위해 시흥리 버스정류장에 도착해보니 벌써 어둑해졌고, 인근에 숙소가 없다는 구멍가게 할머니의 얘기에 낙담했더란다. 난감해하는 자기에게 가게에 놀러왔던 한 할머니가 누추하지만 자기네 집에서 자겠느냐고 제안했다고 한다. 너무나도 고마워서 염치불구하고 선뜻 응했더니 할머니는 쌀가마니를 쟁여둔 방을 미안해하면서 내주신 뒤에 삶은 고구마를 내주고 다음날에는 아침까지 차려주었다. 할머니가 차려준 아침상은 세상에서 먹은 아침 중에 가장 맛난 성찬이었다. 그녀의 글은 이렇게 끝났다.

"길도 아름다웠지만 사람이 더 마음에 남는군요."

이거다, 싶었다. 서귀포시에 제안을 했다. 장성한 자식들을 모두 외지로 내보내고 노부부끼리, 혹은 할망 혼자 사는 집에서 '할망민박'을 운영하면 좋을 것 같으니 시에서 지원을 해달라고. 거창하게 리모델링 작업을 할 필요도, 수세식 화장실이나 욕조를 굳이 갖출 필요도 없다, 손님방을 새로이 도배하고 정갈한 이부자리를 장만하는 비용만 지원하면 된다고 제안했다. 시에서는 긍정적으로 반응했다. 심한 육체노동을 할 수 없는 노인분들에게 희망근로밖에는 대안이 없던 터였고, 희망근로조차 지속 가능성이 없어서 '절망근로'라는 푸념이 쏟아지던 상황이라 300만 원만 지원하면 노인 창업이 가능하다는 이야기에 매력을 느낀 듯했다.

지원자가 얼마나 될까 걱정했는데 정작 뚜껑을 열고 보니 경쟁이 치열해서 면접을 진행하기로 했다. 기준은 세 가지. 60살 이상이어야 할 것, 전화로 예약을 받아야 하니 말귀가 어둡지 않을 것, 집이 낡았을지라도 집안은 청결할 것. 면접은 서귀포시청과 (사)제주올레가 공동으로 진행했다. 그런데 면접을 다녀온 사무국 직원의 이야기가 인상적이었다. 숙소가 한 군데도 없어서 늘 아쉬웠던 1코스 시작점 시흥리 마을에서만 두 명의 할머니가 신청했는데, 그중 팔십이 다 된 해녀 할망의 집이 가장 깨끗하고 센스도 있더란다. 그리고 덧붙이기를 두어 달 전 올레길을 걸으러 온 아가씨를 재워준 적이 있다고 했다. 그 미담 속의 할머니겠구나, 직감했다.

원조 할망민박

'강태여 할망민박'은 머지않아 올레꾼들 사이에 입소문이 나기 시작했다. 반찬도 맛있고 잠자리도 깔끔하고 무엇보다 주인 할머니가 진짜 '시골집 외할머니' 같다는 것이었다. 우리가 그토록 목말라 했던 '할망민박'의 본보기였다.

그러던 어느 날 사무국에 한 중년 여자가 귤 한 상자를 들고 찾아왔다. 시흥리 강태여 할망민박집 딸이라면서 서귀포시에 나온 길에 사무국에 들러서 감사 인사를 드리고 싶었단다. 그녀는 말했다. "큰오빠가 지난해에 간경화로 돌아가신 뒤부터 평소 명랑하고 쾌활하던 어머니가 갑자기 말수도 없어지고 경로당조차 나가기를 싫어하고 집에만 틀어박혀 사셨어요. 의사들이 우울 증세라고 해서 자식들이 다들 걱정이 태산이었는데 민박을 하면서 활기를 완전히 찾으셨어요. 올레꾼 덕분에 어머니가 새로운 삶을 살게 된 거예요."

강 할머니에게 그런 사연이 있었구나. 그래서 생면부지의 젊은 여자를 딸처럼 하룻밤 거둬주신 것이었구나. 우울증에 시달리던 할머니에게 할망숙소가 '새로운 인생'을 여는 계기가 되었다니 이보다 더 기쁠 수는 없었다. 딸의 방문 이후 강태여 할망을 직접 만나보고 싶어졌다.

아홉 자식의 엄마로

강태여 할망은 구좌읍 종달리에서 나고 자랐지만 이웃 마을 시흥리로 시집을 왔더란다. 1코스의 시작점인 시흥리와 21코스 종점인 종달리는 서귀포시와 제주시의 경계를 이루는 이웃 마을. 행정구역상 다른 쪽에 속하기도 했지만 마을어장 경계 문제로 해녀들끼리 싸움이 끊이지 않는 대표적인 '앙숙 마을'이었다. 그러면서도 먼 곳끼리 왕래가 쉽지 않은 시절에는 인접한 이웃 주민끼리 학교를 함께 다니거나 서로 사돈을 맺는 일도 많았다. 어장 침범 문제로 두 마을 간에 큰 싸움이 벌어지면 친구였던 양쪽 마을 청년들이 돌을 집어던지면서 전투를 벌이거나 '새각시 돌앙가라(데려가라)'고 삿대질을 하는 진풍경이 벌어지곤 했다.

강 할망네의 또 다른 문제는 남편의 한량기였다. 일제 강점기 때 일본으로 건너가 가수 생활도 했다는 신랑은 자손 귀한 문중 어른들의 과보호로 자라서 자기밖에 모르는 '나쁜 남자'였다. 자식을 셋이나 낳았지만 인물 좋은 그에게는 늘 여자들이 따랐다. 그런 며느리를 안타까이 여긴 시아버지가 잠시 육지로 나가서 바람이라도 쐬고 오라고 권했다. 두 딸을 시어른들에게 맡기고 아들만 데리고 외사촌 오라방(오빠)이 사는 속초로 갔다. 배운 게 물질뿐이라서 처음에는 낯선 동해 바다에서 '출가 물질'을 했지만 혈압 때문에 그만둔 뒤 자그마한 횟집을 차렸다. 제주해녀가 하는 맛집으로 소문나면서 제법 장사가 잘되었다.

그러던 어느 날 바람처럼 남편이 찾아왔고 막내아들이 생겼다. 인연을 저버릴 수 없어 육지와 제주를 오가며 시댁의 대소사를 다 챙기는 생활이 이어졌다. 남편은 그동안 여섯 여자 사이에 각각 하나씩, 여섯 아이를 두었다. 할머니는 남편의 아이들을 모두 호적에 올리고 거두어 들였다. 자기가 낳은 아이 다섯, 다른 여자들의 아이 넷, 도합 아홉 명의 자식을 거느린 어멍이 된 것이다.

딸이 옆에서 말을 거들었다. “우리 어멍은 누가 본인이 낳은 자식이고, 누가 다른 여자 자식인 줄도 몰라요. 친척들도 구별 못할 정도로 의붓자식에게도 고르게 잘했어요. 다들 그런 은공을 아는지라 어멍에게 지극정성으로 잘해요.” 속초에서 얻은 막내아들은 제주의 명문 제주일고를 졸업하고 행정고시에 합격해 고위 공무원이 되었고, 나머지 자식들도 다들 잘 자라주었다.

할망이 속초의 횟집을 정리하고 고향으로 완전히 귀향한 건 이십 년 전이다. 젊은 새댁 때 떠난 고향을 칠십 줄 나이에 돌아오면서 평화로운 노후를 꿈꾸었으나 큰아들을 잃으면서 맥을 놓고 말았다. 앞세운 자식은 가슴에 묻는다던가. 자식 여덟이 남았다고 해도 떠난 자식 하나 때문에 가슴에 맷돌을 얹은 듯 답답하고 울화증이 났다. 어머니가 식사마저 종종 거른다는 소식에 외지에 흩어져 사는 자식들은 저마다 자기 집으로 모시겠다고 아우성이었다. 하지만 할망은 끄덕도 하지 않았다. 얼마 남지 않은 생, 더 이상 타향에 살고 싶지는 않았다.

"다행히도 민박을 하면서 사람들을 만나게 된 거예요. 남자친구랑 헤어지고 혼자 여행 온 아가씨, 초등학생 자녀를 데리고 온 부부, 전국 팔도에서 사람들이 찾아오는 거예요. 내가 지은 밥을 맛있게 먹고 돈 내면서도 감사하다고 절을 하는데 어찌나 민망하던지. 혼자 자던 집에 사람 훈기도 돌고, 밥을 해먹을 의욕도 생기고. 내가 더 고마운데 말이에요. 더 맛있는 걸 해줘야겠다, 더 편하게 지내도록 해야지, 노력할 마음이 저절로 생기더라고."

강태여 할망은 이야기를 나누는 도중에 갑자기 안방으로 들어가서 큼지막한 상자를 들고 왔다. 이곳에 머물다 간 올레꾼이 보낸 화장품 세트, 홍삼 엑기스, 다정한 안부 편지들이 담겨 있었다. 할망은 세상에서 가장 푸근한 미소를 지으면서 자랑스럽게 말했다.

"아들 하나를 잃은 대신 방방곡곡 팔도강산에 딸 아들들이 많이 생겼어요. 다들 어머니, 어머니 하면서 안부 전화하고 때마다 선물을 보내주니 딸 아들이 따로 없지. 먼 코스 걸으러 가서도 일부러 우리집으로 돌아와서 자고, 길에서 만난 올레꾼들 새끼 쳐서 데려오고. 우리집에서 만나서 사귄 애들도 많아요, 아마 몇몇은 결혼했을걸."

본인은 물질을 그만두었지만 할망의 친척이 해녀라서, 시흥리 해녀들이 물에 들어간 날은 이 집 올레꾼들이 '로또'를 맞는 날이다. 그날 잡은 전복, 소라, 돌돔 등으로 만든 특별 반찬이 밥상 위에 올라오기 때문이다. 마침 집에 머물던 한 아가씨 올레꾼이 우리의 대화에 끼어들었다.

"예전에 음식점을 하신 분이라 그런지 반찬이 정말 맛있고 푸짐해요. 특식을 해도 돈을 더 받지도 않고, 운이 좋았으니 맛있게 먹기나 하라고 하세요. 그러니 제주 오면 늘 여기로 오게 돼요. 외갓집 찾는 기분이에요."

철없는 가수 남편, 다른 여자들의 자식들, 제주를 찾는 올레꾼……. 인생길에서 만난 이들을 사랑으로 품고 산 그녀는 뭇 생명을 넉넉하게 품고 키우는, 너른 제주 바당과 닮아 있다. 언제라도 돌아와 안길 수 있는 푸근한 고향 바당 같은.

조폭의 마음을 빼앗은 가파도 해녀

어느 날인가 이상한 풍문이 들려왔다. 탐사대장 동철이가 가파도 해녀와 사귄다는 것이었다. 동철이는 가파도 올레(10-1코스)를 개척하면서 제주 본섬과는 다른 가파도의 풍광과 분홍빛 몽돌을 입에 침이 마르도록 찬미했다. 개장 이후 가파도에 자주 드나드는 이유도 그 때문이려니 생각했다. 그러던 중에 동철이 후배가 넌지시 내게 귀띔했다. "누님, 동철이 형님이 해녀촌 식당 주인 여자랑 연애하는 거 알암수과?"

가파도 해녀촌 식당 주인? 그렇다면 올레길 개장식 날 자기네 식당이 팸플릿 맨 아래에 소개되었다면서 난리를 피운 해녀들 중 하나? 도무지 믿을 수가 없었다. 내 동생 동철이가 누구인가? 한때 서귀포 일대를 평정했던 '땅벌파'의 전설적인 초대 두목, 지금은 다 말아먹었지만 한때 서귀포에서 가장 큰 초대형 횟집 '동철미락'과 배달의 최강자 '동철반점'을 운영했던 사업가, 제주올레의 초반 코스를 자신의 두 발로 이으면서 제주올레길의 전설을 만들고 있는 올레 탐사대장 아닌가.

무엇보다 세 번의 결혼과 두 번의 이혼을 경험한 동철이의 아내와 애인들은 모두 탤런트 빰치는 미인이거나 돈 많은 유한마담들이었다. 그런데 가파도 해녀는 그 어느 쪽도 아니었다. 내 눈으로 보기 전에는 도무지 믿기 힘든 소문이었다.

시간을 내어 가파도로 쳐들어갔더니, 두 사람은 이미 건널 수 없는 강을 건넌 분위기였다. 동철이와 동갑이라는 여자는 전형적인 제주 여자이자 해녀였다. 딱 벌어진 어깨에 다부진 체격, 잠시도 쉬지 않는 부지런함을 가진 여자. 동철이는 나의 추궁에 순순히 시인했다. 돌을 주으려고 가파도에 머물다 보니 그녀와 정이 들었다, 가방끈은 짧지만 알고 보면 무척 똑똑한 여자다, 나도 고등학교 중퇴이니 남자 고등학교 중퇴나 여자 초등학교 중퇴나 '오십보백보' 아니냐고. 동철이는 자신의 연애를 합리화하느라고 열을 올렸다.

사실 성인 남녀의 연애는 누가 개입할 문제도 아니고, 그럴 생각도 없었다. 더군다나 둘은 사별과 이혼으로 법률상 싱글이었다. 도저히 어울리지 않는 두 사람을 보면서 둘을 눈 멀게 만든 '사랑의 묘약'이 원망스러웠다. 이들은 언제, 얼마나 요란스레 깨지려고 또 사랑에 빠진 걸까.

동철이는 잠시 데이트를 하기에는 매우 매력적인 캐릭터다. 얼굴도 호감을 주는 인상인데다 유머러스하고 다정다감한 친구다. 그러나 함께 살기에는 참으로 대책 없는 캐릭터다. '희랍인 조르바' 같은 인간형이라고나 할까. 해녀들의 순정적인 스타일을 익히 잘 아는데다, 개장식 날 그녀들의 화끈한 전투력을 목격한 나로서는 적이 걱정스러웠다.

동철이와 동갑내기라는 해녀의 이름은 강수자란다. 나는 수자씨에게 절대로 내 동생을 추천도 보증도 할 수 없으니 본인이 잘 생각해서 처신하라고 일러두었다. 돌아오는 길, 뱃전에 기대어 멀어져가는 가파도를 바라보자니 만감이 교차했다.

가파도에서 찾은 새로운 사랑

걱정했던 것과 달리, 두 사람은 죽이 잘 맞았다. 밤거리의 제왕이었던 동철이는 밤이면 쥐 죽은 듯 적막한 가파도 생활에 의외로 잘 적응해갔다. 덕분에 나도 가파도를 자주 찾았는데, 처음에는 동철이 걱정 때문이었지만 나중에는 올케가 된 수자의 음식 때문이었다. 본디 해녀들은 1인2역, 1인3역의 바쁜 생활 때문에 단순하게 음식을 해먹는 편이라서 솜씨 좋은 해녀를 별로 본 적이 없었다. 해녀들이 운영하는 '해녀의 집'도 신선한 재료로 승부하는 보말죽이나 전복죽 같은 메뉴를 파는 경우가 대부분이다.

그러나 수자의 음식 솜씨는 웬만한 셰프가 울고 갈 정도로 뛰어났다. 해산물과 어울릴 만한 소스나 다른 조리법을 얘기해주면 다음번엔 꼭 새로운 음식을 내어놓았다. 동철이가 심심한 가파도를 벗어나기 싫어하는 이유를 알 만도 했다. 파도소리만 들리고 등대의 불빛만 멀리서 비추는 어둡고 조용한 가파도의 밤, 동철이가 대금을 불면 수자는 북장단을 두드렸다. 마작을 즐기던 동철이는 어느덧 동네 어른들과 어울려 윷놀이를 하면서 "윷이야, 모야"를 외치느라 목이 다 쉬었다.

젊은 날 향락과 관광의 도시 서귀포에서 '밤의 황제'로 군림하면서 상대 조직이나 경찰과 피비린내 나는 전쟁을 벌이며 굴곡진 삶을 살아온 내 동생 동철이. 그는 올레길을 개척하면서 다른 세상을 보게 되었고 마침내는 이곳 가파도에서 비로소 모든 걸 내려놓고 넉넉한 미소를 짓는 섬 하르방(할아버지)이 되어갔다. '아무렇지도 않고 예쁠 것도 없는 사철 발 벗은 아내'와 더불어.

© 로망

테왁 안고 울던 소녀, 강수자

알고 보니 수자는 다큐멘터리 〈숨비소리〉에 3대째 해녀 물질을 이어가는 주인공으로 등장할 만큼 이름난 해녀였다. 그녀가 출연한 〈숨비소리〉는 외국의 유수한 영화제에서 작품상을 타기도 했다. 〈숨비소리〉에서 수중 촬영된 그녀의 물질 동작은 하체가 다소 짧은데도 유연하기 이를 데 없었다. '해녀의 집'에서 다큐를 보던 후배 오한숙희가 외쳤다. "강수진만 발레리나인가 뭐, 강수자도 기막힌 수중 발레리나네."

어느 날 가파도를 찾은 내게 동철이가 미니어처처럼 작은 테왁을 들고 와서 보여주었다. "이게 수자가 열두 살에 처음 잡은 테왁이우다. 겨우 열두 살에 우리 수자가 책가방 대신 테왁을 받은 거주마씸." 장난꾸러기처럼 말했지만 동철이의 얼굴에 얼핏 스쳐가는 짙은 연민을 느낄 수 있었다. 사랑의 최고 단계는 연민이라는 말도 있지 않은가.

"우리 어멍이 오빠들은 아들이난 공부시키고 나한테는 계집애니까 물질이나 배우라고 이 테왁을 만들어줍디다게. 테왁을 안고 물 위에 떠서 얼마나 울어신지(울었는지) 모르쿠다. 물속에 들어가는 것이 무섭기도 하고, 서럽기도 하고, 사흘 동안 테왁 붙들고 울기만 해수다. 시간이 지나다 보난 물질도 익숙해지고 그 물질로 서방 어시도(없이도) 세 딸을 키워집디다. 그때 생각허민 지금도 막 서러워마씸."

이제는 조폭 대장 출신 맞나 싶을 만큼 아내의 말을 순순히 따르는 동철이. 아내의 물건을 실으러 자동차를 끌고 해안가로 마중 나가서 해녀 삼촌들의 '풍중'(해녀들이 채취한 해산물을 운반하는 역할을 하는 남자)까지 마다않는 동철이. '꿩 잡는 게 매'라고 조폭 두목을 백팔십도 달라지게 만들었으니 조폭보다 더 센 해녀라고나 할까.

운명처럼 다가온 물질

국토 최남단 마라도에서 물질하는 김재연은 꽤나 유명한 해녀다. 제주에서 보기 드문 30대 해녀인데다, 미녀에 달변가여서 여기저기 매스컴도 많이 탔다. 3년 전 여성신문사가 주는 '여성문화인상'을 수상했고, 〈인간극장〉에 주인공으로 출연하기도 했다. 마라도 일대를 도는 유람선에서 그녀에 대한 멘트가 흘러나올 정도로 인기다. 그러나 화려해 보이는 겉모습과 달리, 그녀 나이에 겪었다고는 믿어지지 않을 만큼 파란만장한 인생 역정을 걸어온 그녀다.

마라도가 지금처럼 유명한 관광지가 되기 전, 어선을 타고 들어가던 시절에 그녀는 마라도에서 나고 자랐다. 할머니도 어머니도 다 상군 해녀였지만, 할머니는 손녀가 바닷가 근처에 나타나는 것조차도 말렸다. 행여나 손녀딸이 자기처럼 해녀가 될까봐. 교육열이 높은 부모님은 그녀를 섬을 떠나 대정에 있는 중·고등학교에 다니게 했다.

제주 전문대를 졸업한 그녀는 수협 직원으로 취직했다. 해녀들은 모두 수협 조합원이니만큼 다들 딸을 잘 키웠다고 부러워했다. 그녀는 모슬포 수협에 근무하던 중에 해양환경관리공단에서 모슬포로 한 달 동안 파견 나온 한 부산 남자를 만났다. 2년 동안 수협을 다니다가 그 남자와 결혼한 뒤에 그만두었다. 육지에서 내려온 시부모도 모셔야 했고, 직장도 적성에 맞지 않았기에 별다른 미련도 없었다.

자기 사업을 하고 싶었던 그녀는 모슬포에서 옷 가게를 차렸다. 기대와는 달리 수입은 별로 없었고 오히려 돈만 더 들어갔다. 외상값은 떼이기 일쑤였다. 4년 만에 가게를 접었다. 마라도 이장이던 아버지가 그녀에게 조언했다. 마라도에 관광객이 갑자기 많아지고 있으니, 고향으로 들어와 편의점이라도 해서 애 기저귀 값이라도 벌라고. 대평리에 사는 시부모에게 아이를 맡기고 섬으로 출퇴근하기로 했다.

고령으로 물질을 그만둔 할머니와 함께 해녀 어멍과 고모가 잡아온 해산물을 좌판에서 팔았다. 젊은 재연씨가 가세하면서 매상은 두세 배로 늘었다. 슬슬 욕심이 났다. 이 해산물 값을 어멍과 고모에게 주느니 직접 잡으면 온전히 수익을 챙길 수 있을 터였다. 물질을 배우겠다고 했더니 가족들이 모두 펄쩍 뛰었다. 물질 안 시키려고 대학까지 보냈더니 해녀가 웬 말이냐고.

자신 있었다. 나이든 삼촌들도 하는 물질인데 젊은 내가 못할쏘냐 생각했다. 어릴 적부터 곁눈으로 보아온 물질이고, 할머니 눈을 피해 바다에서 소라를 따본 기억도 있었다. 그러나 물질 첫날, 상군 고모를 따라 고무옷을 입는 순간, 몸을 꽉 죄는 고무옷에 숨이 다 막히는 것 같았다. 납을 차고 바다로 들어가자마자 속이 울렁울렁거렸다. 물 위로 올라와 구토를 했다. 말로만 듣던 '물멀미'였다. 고모가 예상했다는 듯 물었다. "이젠 안 할 거지?" 그녀가 대답했다. "시간 날 때만 틈틈이 배우젠(배울게요)."

그사이에 친정 집안에 풍파가 끊이지 않았다. 마지막 군 휴가를 나온 남동생이 사고를 당해 전신마비가 되었다. 서울의 대학병원에 입원한 남동생의 간호를 위해 부모님이 모두 서울로 올라갔다. 동생이 한 발을 질질 끌면서 최소한의 거동이 가능해질 무렵, 이번에는 친정 아버지가 간암 판정을 받고 수술을 했고 1년 뒤에는 뇌출혈로 왼쪽에 마비가 왔다. 2년 정도를 육지 병원에 입원하는 바람에 어머니가 다시 서울로 올라갔다.

시댁과 친정의 생계를 다 책임져야 했기에 남들보다 두세 배는 더 벌어야 한다고 생각했다. 짜장면 가게를 내고, 카트(전동차) 사업에도 뛰어들었다. 당시 마라도에 관광객들이 폭발적으로 늘어나면서 주민들은 저마다 짜장면과 카트 사업으로 진출했고, 해녀와 어부로 어울려 살

던 주민들이 경쟁자가 되어 '혈투'를 벌이게 되면서, 섬 안에는 크고 작은 분쟁이 끊이지 않았다. 그중에서도 재연씨가 가장 악착을 떨었다. 그런 재연씨를 보며 동네 사람들이 수군거렸다. "어이구 독한 년! 앉은 자리에서 풀도 안 나올 년이다"라고.

수입은 크게 늘어났지만, 이상하게도 행복하지 않았다. 아니, 지독한 우울증이 찾아왔다. 수면제가 없으면 잠을 못 이루었고, 아침에 일어나면 눈을 뜨기가 싫어서 다시 수면제를 먹고 잠이 들었다. 사랑하는 남편과 자식들도 눈에 보이지 않았고 죽고만 싶었다. 결국 몇 차례나 자살을 기도했다.

어느 날 보다 못한 남편이 바람이라도 쐬고 쇼핑이라도 하자면서 대형마트에 데려갔다. 그런데 갑자기 어지럼증이 일고 숨이 막히는 듯했다. 남편의 손을 잡고서야 겨우 움직였다. 병원에 갔더니 '공황장애' 증세라고 했다. 수면제를 더 처방해달라고 했지만 의사는 "지금도 최고 수준으로 쓰는 것이다. 더 처방하면 죽을 수도 있다"고 거절했다. 앞이 보이지 않는 나날이었다.

마라도에 들어와서도 잠만 자고, 겨우 밥 한 술 뜨고 다시 잠드는 생활을 반복하는 재연씨를 보다 못한 고모가 말했다. "글라. 나영 물질이나 가게(가자. 나랑 물질이나 가자)." 물질을 말렸던 고모가 이번에는 외려 재연씨를 채근했다.

"똑바로 서 있을 힘도 없는 내게 왜 힘든 물질을 하자고 하나 싶었죠. 근데 생각해보니 이래 죽으나 저래 죽으나 마찬가지일 것 같았어요. 그래서 고모를 따라 나섰지요." 재연씨가 회상했다.

머릿속 나쁜 생각들이 다 지워지더라

바다 한가운데로 나아갔다. 죽고 싶다는 말을 입버릇처럼 달고 다니던 자신이 물속에서 살아나려고 발버둥치는 것에 스스로 놀랐다. 저녁에 집에 돌아가면 지쳐서 온몸이 놀싹(노곤)했다. 오랜만에 수면제 없이도 잠들게 되었다. 물질하는 동안에는 온갖 잡념이, 자신을 괴롭히던 나쁜 생각이 다 지워졌다. 장사 욕심을 내려놓으니 그동안 자신을 해코지했던 사람들, 꿈속에서도 미워했던 이웃들이 다 용서되고 마음이 절로 편해졌다.

슬슬 자신이 붙어서 1년 만에 일본 나가시마로 '출가 물질' 가는 동네 삼촌들을 따라나섰다. 일본 바다는 조류가 별로 세지 않아서 석 달 내내 물질을 할 수 있고 물건도 더 많다는 얘기에 귀가 솔깃했다. 현지에 가보고 나서야 자신이 얼마나 무모했던가를 뼈저리게 실감했다. 비좁은 다다미방에서 추위에 덜덜 떨면서 온몸을 웅크린 채 잠을 청했고, 삼시세끼 맨밥에 반찬이라고는 김치가 고작이었다. 하루도 쉬지 않는 물질의 연속은 인간의 한계를 시험하는 듯했다.

무모한 시도였지만, '출가 물질'은 그녀를 진짜 해녀로 거듭나게 만들었다. 젊디젊은 '배운 여자가', 그것도 뒤늦게 물질에 뛰어든 해녀가 얼마나 버틸까 의심스러운 눈초리로 지켜보던 해녀 삼촌들이 그녀를 동료로 받아들이기 시작했다. 한림에서 온 베테랑 해녀들은 재연씨를 "아기야, 아기야"라고 부르며 손을 잡고 다니면서 물건 하는 법을 가르쳐주었다. 급속도로 물질 실력이 늘어갔다.

설레는 마음으로 바다에 나선다

처음 서너 해는 물질 수입이 장사할 때보다 신통치 않았다. 그래도 마음만은 편해서 물질에만 매달렸다. 수면제 없이 잠들 수 있고 죽고 싶은 마음이 사라진 것만으로도 행복했다. 카트, 짜장면 장사로 공돈이 다시피한 돈도 많이 벌어봤지만, 물질해서 버는 돈은 정말 달랐다. 한 푼도 허투루 쓸 수가 없었다. 적은 돈이지만 옹골차게 모였다. 쉽게 벌면 쉽게 쓰고, 어렵게 벌면 어렵게 쓴다는 말이 실감이 났다.

해녀 5년 차. 이제는 마라도 최고의 상군인 고모만 다니는 '물건 많은 깊은 바당'도 따라나선다. 그 바다는 배로 갈 수가 없어서 물질을 하려면 헤엄쳐 가야 하고 물질이 끝나면 다시 헤엄쳐서 돌아와야 하는 곳이다. 수심이 10미터가 넘어서 어둡고 서늘할뿐더러, 부력이 없어져서 몸이 착 가라앉는 곳이다. 햇빛이 들지 않는 어두컴컴한 곳에서 오로지 물건을 찾는 것에만 전력을 다한다. 작업을 끝내고 물 위로 올라오려면 바닥을 탁 차는 느낌으로 올라와야 한다.

'무늬만 해녀' '카메라 들이댈 때만 해녀'라고 그녀를 비웃던 동네 사람들이 이제는 재연씨에게 자연산 전복을 부탁한다. 성게철에는 두어 달 정도 '죽기 살기'로 전력투구한다. 아침 6시부터 성게를 잡기 시작해서, 손질까지 다 끝내면 저녁 6시 무렵이 된다. 다시 다음날 6시부터 작업에 들어간다. 물살이 센 마라도 해역에서 잡힌 성게는 본섬의 성게보다 더 비싸게 쳐주니(1킬로그램당 12만 원) 열심히 매달릴 수밖에. 물질 시기에는 아예 마라도에서 지내기 때문에 아이들을 보름여 만에 만나게 된다.

그녀의 할망과 어멍은 손녀와 딸이 해녀가 되는 걸 필사적으로 말렸다. 하지만 재연씨는 딸이 해녀가 되기를 원한다면 말릴 생각이 없다. 해녀가 된 뒤에 찾은 행복을 알기 때문이다.

하루는 딸이 공부를 안 하길래 야단을 쳤더니 “나도 해녀나 되지 뭐” 그러기에 더 혼을 냈다. 공부할 시기에는 공부를 하고, 정 해녀가 되고 싶으면 그때 가서 선택해서 하라고. 시대가 달라져서 요즈음에는 해녀도 대학을 다녀야 더 잘할 수 있다고.

> “물질하는 날에는 오늘은 뭘 잡게 될까 설레는 마음으로 집을 나서요. 세상에 그 어떤 직업이 매일매일 기대를 갖고 하루를 시작할 수 있게 만들까 싶어요. 나갈 때마다 바다는 늘 상태가 다르고, 잡히는 물건도 다르지요. 늘 똑같은 날이 없는 해녀라는 직업이 나는 정말 좋아요.”

나이든 해녀 삼촌들은 자신의 직업을 ‘저승에서 벌어 이승에서 쓰는 고달픈 직업’이라고 말하곤 한다. 그러나 젊은 해녀 김재연은 ‘하루의 출발이 늘 설레는 직업’이라고 말한다. 둘 다 맞는 말이다. 어느 쪽에 방점을 찍느냐가 다를 뿐이다.

명함 찍은 해녀,
채지애

그녀를 처음 만난 장소는 올레 21코스 종점 해녀박물관이었다. 이곳에서 열리는 해녀 해설사 교육에 내가 다니고 있던 법환 해녀학교 학생들이 청강하기로 했다. 강사의 특강이 끝나자 한 해녀가 질문을 하는데 해녀인 어머니와 함께 물질을 하고 있다고 했다. 너무 어리고 예쁜 처자라서 깜짝 놀랐다. 나이를 물었더니 33살이고, 물질을 한 지는 딱 1년 되었단다.

다시 그녀를 만난 건 삼달리 김영갑 갤러리 맞은편 오름 카페에서였다. 그녀는 만나자마자 명함을 내밀었다. '해녀 채지애.' 신선한 충격이었다. 해녀의 명함을 받은 건 처음이었다. 맞아, 해녀라고 명함을 파지 못하라는 법은 없다. 교수나 해녀나 프로이긴 마찬가지다. 그러나 그녀는 아무리 봐도 해녀 같지 않았다. 패션모델을 하면 더 어울리겠다 싶었다. 아니나 다를까, 그녀의 전직은 헤어 스타일리스트였다.

그녀의 어머니는 삼달리에서 첫손 꼽히는 대상군 해녀란다. 그녀 나이 다섯 살 때 아버지는 어린 삼남매를 남기고 돌아가셨다. 아버지는 삼달리, 어머니는 이웃 마을 온평리 출신. 두 남녀는 삼달리에서 온평리까지 걸어다니면서 달달한 연애 끝에 결혼했다. 그러나 새신랑의 꿈은 외항선 선장이어서, 결혼하자마자 외항선을 탔다. 두세 달에 한 번꼴로 집에 손님처럼 들르던 아버지는 심장병이 들어서 귀향했다. 서울의 큰 병원에서 큰 수술만 다섯 차례나 한 끝에 큰 빚만 남기고 아버지는 세상을 떠났다.

"어릴 적에 어머니가 했던 말이 생생하게 기억나요. '니네 아방 죽고 나니까 집채만 한 파도가 덮쳐도 무섭지 않더라, 서방 죽었는데 뭐가 더 무서울 게 있냐'고." 해녀 어멍은 물질이 끝나면 과수원 일을 하면서 한 푼 두 푼 억척스레 돈을 모아 땅을 사들였다.

어린 삼남매도 부지런한 어머니를 도왔다. 어머니가 이른 새벽 감태를 걷으러 바닷가에 가면 어린 자식들은 바닷가에서 기다리다가 '풍중'을 했다. 물질 나간 엄마 대신 리어카에 비료 포대를 싣고 과수원으로 가서 비료를 뿌렸고, 고학년으로 올라가면서는 소독기를 메고 귤밭 소독을 해냈다.

"감태를 운반하고 나면 늘 온몸에 푸른 물이 들곤 했어요. 부끄러운 줄도 모르고, 우리 어멍 고생하는데 당연히 거들어야 한다고 생각했죠."

해녀 어멍의 부지런함 덕분에 삼남매 모두 대학까지 진학했다. 그녀는 한라대에 다니면서 방학 때면 미용 기술을 배우러 육지로 드나들었고, 학교를 졸업한 뒤에 마침내 소망하던 미용사가 되었다. 오빠는 현대자동차의 연구원으로 취직했고, 언니는 공무원이 되었다. 대상군 해녀의 자식 농사는 대성공이었고, 독하다고 흉보던 동네 사람들이 모두 대상군 어멍을 부러워했다.

도시 생활은 피곤하고, 시집 생활은 우울했다

채지애는 서울에서 같은 미용업에 종사하는 남자를 만나 사랑에 빠져 결혼했고, 아이가 태어나자 시댁이 있는 경북 영주로 내려가서 남편과 함께 미용실을 차렸다. 서울살이가 너무나도 피곤한데다 시부모님에게 아이를 맡길 수 있다는 기대 때문이었다. 그러나 아는 이 하나 없는 영주에서의 삶은 외로웠다. 도무지 정이 붙지 않았다. 우울증이 찾아왔다. 그러던 중 둘째 아이가 생겼다. 산후 우울증을 지독하게 겪

었기에 아이를 타향에서 낳기가 두려웠다. 친정 엄마가 있는 제주도로 내려왔다. 어릴 적에는 제주도가 좋은 줄 몰랐고 도시를 동경했는데, 타향살이 10년 만에 내려온 고향 제주의 품은 너무나도 아늑했고 삼달리 바다는 정겨웠다.

제주에서 아이들을 키우기로 결심하고 남편에게 동의를 구했다. 미용실이 정리되는 대로 남편도 내려오기로 했다. 둘째 아이를 출산한 뒤 그녀는 어머니처럼 해녀가 되기로 결심했다. 주말에도 일해야 하는 미용 일과는 달리 시간이 자유롭고 남에게 얽매이지 않는 해녀 일이라면 아이도 돌볼 수 있을 것 같았다. 어머니가 삼남매를 물질과 농사일을 하면서도 키워냈듯이. 무엇보다도 파마약, 중화제 같은 독한 화학약품에 온종일 노출되는 미용실 일과 달리, 신선한 바닷바람과 맑은 바닷속에서 일한다는 게 마음에 쏙 들었다. 고향 바다가 도시에서 찌들고 병든 몸과 마음을 치유해주리라는 막연한 기대감도 있었다.

둘째 아이가 백일이 되는 날, 물질을 시작했다. 어촌계에서도 그녀를 받아들였다. 워낙 젊은 해녀의 맥이 끊기고 해녀 수가 줄어드는데다, 어린 시절 동네 해녀 삼촌들의 '풍중'을 해주었던 공로를 인정해서였다. "삼촌들이 이구동성으로 말했어요. 너니까 받아준다고." 나이든 삼촌들도 하는데 젊은 내가 왜 못하겠냐며 내심 자신만만했다. 어릴 적 어머니의 '풍중' 노릇을 하면서 곁눈으로 보고 들은 것도 있지 않은가.

우리 어멍도 이런 맘이었겠지

하지만 물질은 쉽지 않았다. 첫날부터 물멀미로 무진 고생을 했다. 동네 삼촌들이 "자이 물멀미햄쩌, 물질 못허켜(쟤 물멀미한다, 물질 못하겠다)"라고 수군거렸다. 스스로 선택한 일이었기에 오기로 버텼다. 하다 보니 조금씩 늘었다. 물질을 한 지 얼마 안 되었을 때, 손바닥만 한 전복을 발견했다. 파도가 제법 센 날이었는데도 씨름 끝에 결국 전복을 따냈다. 조락(전복을 담는 작은 주머니)에 전복을 챙겨넣은 뒤 거친 물살에 행여라도 빠져나갈까봐 작업 도중에도 틈틈이 조락을 곁눈질했다. 물속에서 나오자마자 동네 삼촌들에게 자랑했다. 지금도 가장 기억에 남는 순간이다.

가슴 아린 기억도 있다. 물속에서 젖이 퉁퉁 불어도 물에서 나올 수는 없었다. 엄마 젖을 먹고 싶어 할 아이를 생각하면 가슴이 아렸지만 작업을 중단할 수는 없었다. 성게철이 돌아오면 한 발로는 애기 구덕(아기를 재우는 제주 전통 대바구니)을 밀면서 손으로는 성게를 까야 했다.

아이를 잃어버려 가슴이 철렁 내려앉은 날도 있었다. "물질을 마치고 집으로 돌아오니 아이를 봐주던 외할머니가 둘째가 없어졌다는 거예요. 엄마를 찾길래 바다에 갔다고 했는데 잠깐 한 눈 파는 사이에 없어졌다고요. 가슴이 철렁 내려앉더라고요. 그 순간 이웃 할머니가 아이

손을 잡고 들어오셨어요."

아이들은 이처럼 동네 할머니들이 공동으로 돌보는 '동네 손주들'이 되었다. 젊은이가 드물고 아이들은 더더욱 맥이 끊긴 삼달리에서, 별 같고 꽃 같은 두 아이가 들어와 사니 어르신들이 저마다 귀여워해주었다. 할머니들이 숫자며 한글이며 놀이며 이것저것 가르쳐주니 따로 가르칠 것도 없다. 공동 육아에 공동 교육인 셈이다.

두 아이는 그녀가 물질하는 날이면 가끔 바닷가에 서서 엄마를 기다린다. 채지애의 어머니는 자기를 지켜보는 삼남매가 쉽게 알아볼 수 있도록 늘 테왁에 빨간 깃발을 꽂았었다. 그녀는 바다 한가운데에서 손에 닿지 않는 저 멀리 갯가에 있는 두 아이를 보면서 '우리 어멍도 그때 이런 심정이었겠지' 생각한다.

'어멍의 바당'에 들기를 소망한다

아직은 경력 1년의 초보 해녀라서 기대만큼 수입을 올리지는 못한다. 젊으니까 더 잘할 수 있으리라고 생각했는데 베테랑 해녀의 끈기, 호흡법, 정신력은 젊은이들이 도저히 따라갈 수가 없다. "바닷가의 지도를 머릿속에 훤히 집어넣고 있는 삼촌들을 당해낼 재간이 없어요."

미역을 너는 일만 해도 그렇다. 미역은 너무 강한 햇빛에 말리면 타들어가고, 비를 맞으면 큰일이다. 적당한 햇빛에 널어 자주 뒤집어주어야 하고, 바람의 방향에 따라야 한다. 그녀의 대상군 어머니는 미역을 너는 딸에게 타박했다. "저 삼촌들 너는 것 보멍도 모르크냐. 다 바람결 봐가멍 요령껏 널어사주(저 어르신들 너는 걸 보면서도 모르겠니? 다 바람결을 봐가면서 요령껏 널어야 해)." 세월의 비바람 속에 쌓은 경륜, 자연으로부터 배운 지혜를 하루아침에 따라잡을 수 없음을 실감한다.

귀향할 때 기대했던 것처럼 한가하고 여유로운 삶도 아니다. 물질이 없는 날이면 어머니를 도와 감귤 농장 일도 해야 하고, 아이들도 챙겨야 한다. 그러나 똑같이 바쁜데도 서울살이는 지치고 피곤하기만 했는데, 이곳 삼달리의 삶은 다르다. 물질이든 농사든 철마다 수확하는 게 있으니 일상을 쳇바퀴처럼 반복하면서 월급을 탈 때와는 다른 즐거움이 있단다.

카페에서 만난 후 2,3일 뒤에 그녀가 카톡으로 무언가를 보내왔다. 잠수증이었다. 잠수증은 정식 해녀가 되고 일정 기간 지속적으로 물질에 종사해야만 받을 수 있는 증이다. 이 증이 있으면, 해녀들의 직업병인 잠수병(이명, 두통 등) 치료를 무료로 받을 수 있고, 그 밖에도 다양한 혜택이 주어진다. 축하한다는 메시지를 보냈다.

다시 한 달쯤 뒤, 또 카톡으로 또 다른 '증'을 보내왔다. '어업경영체

등록증'이었다. 생소한 증이라, 뭔가 싶어서 얼른 전화를 걸었다. 올해부터 시행되는 제도인데, 한 집안에 한 장씩 발급되는 것이란다. 조건도 까다로워서 어촌계에 해산물을 판매한 실적이 연 120만 원을 넘거나, 1년에 60일 이상 해산물을 수확한 일지를 날마다 어촌계에 확인을 받아 제출해야만 나오는 증이란다. 이걸 갖고 있으면 앞으로 자녀 장학금 등 다양한 혜택을 받을 수 있다면서 그녀는 이제야말로 진짜 해녀가 된 것 같다고 기뻐했다.

그녀의 꿈은 대상군 어머니만 작업하는 먼, 깊은 바당에서 함께 물질을 하는 것이다. 해녀, 라고 명함에 당당히 새긴 그녀는 언제쯤 '어멍의 바당'으로 나아갈 수 있을까. 그날, 그녀는 그 어떤 '증'을 받은 것보다 기쁘고 벅찰 것이다. 삼남매를 고된 땀으로 키운 대상군 어머니가 인증한 '증'이므로.

눈보라 속에 핀 꽃,
주황색 테왁

2014년 마지막 날. 미루어둔 해녀 책이 마음을 무겁게 했다. 내년부터는 꼭 시작해야지. 사진 작업을 함께하는 길순 언니에게 문자를 보냈다. "내일 아침 올레 1코스로 일출 보러 가실래요? 파이팅을 다짐하는 뜻에서!" 즉각 답장이 왔다. "그러자!" 네시 반쯤 집 앞으로 오겠다고 했다.

그런데 헐, 서귀포를 출발할 때부터 제주에는 보기 드문 눈발이 날리기 시작하더니, 표선면으로 접어들자 눈보라가 어찌나 세차게 휘몰아치는지 한 치 앞도 안 보일 정도가 되었다. 일출은 기대하지 않았지만(제주에서 새해 첫날 일출을 보는 행운을 누리는 경우는 극히 드물다), 1코스 시작점인 시흥리 말미오름에 오르는 것조차 포기해야만 했다. 말미오름은 성산 일출봉과 우도를 내려다보는 그 기막힌 풍광 때문에 찾는 곳이다.

신산리를 지날 무렵, 길순 언니가 소리쳤다. “아이고, 저기 테왁 좀 보라게. 새해 첫날부터 해녀들 물에 들어갔저.” 눈보라 휘몰아치는 바다에서도 주황색 테왁들은 선명하게 보였다. 이쪽 바다에 하나 둘 셋 넷, 저쪽 바다에 하나 둘 셋 넷 다섯, 먼바다에 두어 개. 모두 합쳐서 열 명은 족히 바다에 들어간 것 같았다.

서로 말없이 고개를 끄덕였고 신산리 해녀 탈의장 앞에 차를 세웠다. 길순 언니는 쨍쨍한 날보다 이런 날이 사진은 더 멋있게 나올 수 있다며 해녀들이 물에서 나올 때까지 기다리자고 했다. 마다할 이유가 없었다. 올해부터 해녀 책을 제대로 써보자고 결의를 다지러 나온 길에 새해 첫 물질을 하는 해녀들을 만나다니, 더군다나 이 눈보라 속에서.

바람을 동반한 눈보라 속에서 얼마나 기다렸을까. 파카와 털모자로 무장한 채 바닷가에서 기다리다가 너무 추워 차 안에 들어가서 기다리기로 했다. 바다에서 탈의장까지의 바윗길이 꽤나 길었으므로, 해녀들이 갯바위로 올라오는 순간 뛰어가도 충분할 것 같았다. 얼마나 기다렸을까. 아침도 안 먹고 이른 새벽에 출발했던 탓에 배에서 꼬르륵 소리가 절로 났다.

그즈음 한 남자가 오토바이를 타고 나타났다. 해녀 탈의장에 보일러 기름을 채워넣으려고 왔단다. 해녀 삼촌들을 기다리고 있다고 했더

니 대뜸 그 남자가 말했다. “아직 멀어수다. 서너 시간은 지나야 나올 거우다.”

우리가 그녀들의 테왁을 목격한 건 오전 6시도 채 되지 않아서였다. 벌써 세 시간 넘게 기다렸는데 앞으로도 서너 시간을 더 기다려야 한다니. 더군다나 이렇게 눈보라가 몰아치는 악천후에! 아쉬움을 안고 발길을 돌려야만 했다. 오랫동안 해녀들을 만나왔지만 새해 첫날, 그런 악천후에 물질을 하러 갈 줄은 몰랐고, 그런 날씨에 그렇게 오랫동안 작업을 할 줄은 더더욱 몰랐다.

서슴없이 포즈를 취해준 신산리 해녀들

신산리 해녀들과의 두 번째 인연이 이어진 건 법환 해녀학교 입학식 날 동시에 진행된 3-b 코스 개장식 날이었다. 신산리 마을카페에서 마을 주민들은 정성껏 마련한 돼지고기 수육과 잔치국수를 올레꾼들에게 대접했고, 마을카페 주변 잔디밭은 올레꾼으로 가득했다. 해녀학교 입학식을 마치고 다시 식사 장소로 돌아온 나도 뒤늦게 마을 잔치에 합류했다.

그런데 갑자기 올레꾼들이 소리를 쳤다. “앗, 해녀다!” 작업을 마친 해녀들이 물기를 뚝뚝 흘리면서 카페 맞은편 바닷가 갯바위로 올라선 것이다. 사진기를 든 올레꾼 몇몇이 그쪽으로 내달렸다. "사진 좀 찍을게요." 당연히 해녀들이 싫어할 줄 알았다. 길순 언니와 다니면서 카메라를 조심스레 들이대는데도, 심지어 같은 제주도 사람이라고 사정을 하는데도, 사진을 찍지 말라고 손사래를 치거나 화를 벌컥 내는 해녀 삼촌들을 많이 봐왔기 때문이다. 화장도 안 한 맨얼굴인데다 나이든 자기들 모습이 찍히는 것도 싫고, 자신들은 힘든 물질을 간신히 끝내고 나왔는데 한가로이 사진이나 찍으러 다니는 여자들이 꼴 보기 싫은 심정이 이해가 갔다.

그러나 신산리 해녀들은 달랐다. 우선 다른 지역에 비해 젊은 해녀들이 눈에 많이 띄었고 대부분 빼어난 미모에 화장까지 곱게 한 얼굴이었다. 심지어 그녀들은 카메라를 향해 손을 흔들고 테왁을 살짝 어깨에 걸쳐 메는 포즈를 취해주기까지 했다. 그 아름답고 자신만만한 모습에 올레꾼들의 박수갈채가 쏟아졌다.

물질이 끝나면 녹차 밭을 가꾼다

신산리 해녀들과의 세 번째 인연은 '올레길 주민 행복 사업'으로 이어졌다. 신산리에 올레길이 새로이 열리면서 (사)제주올레 사무국은 정부가 지원하는 이 사업에 신산리를 포함시켰다. 신산리는 한마디로 관광지로서의 이점을 전혀 갖추지 못한 바닷가의 오지 마을. 빼어난 경승지가 없는데다, 제주에서는 고내리와 더불어 한라산을 볼 수 없는 유이有二한 마을. 관광객의 발길이 전혀 없는 곳이라서 물질과 농사가 주된 소득원인 마을이었다.

그런데 주민들과 대화를 나누다 보니 마을에서 공동으로 경작하는 2만여 평의 녹차 밭이 있다는 걸 알게 되었다. 이 마을 해녀들은 물질을 쉬는 날이면 녹차 밭에 가서 녹차 순을 따는 게 일이었다. 그러나 녹차를 직접 덖거나 가공해서 파는 게 아니라, 녹차 회사에 1차 농산물로 출하하기에 큰 수익을 올리지 못하고 있었다.

안은주 사무국장이 아이디어를 냈다. 녹차를 이용해서 녹차 아이스크림과 초콜릿을 만들어 카페에서 판매도 하고, 전국에 택배로도 보내자고. 이 바닷가 깡촌에 누가 녹차 아이스크림을 사먹으러 오겠느냐, 제주를 상징하는 감귤 초콜릿도 있는데 누가 녹차 초콜릿을 주문하겠느냐며 이론이 분분했지만, 안국장은 요즘은 맛있다고 인터넷에 알려지면 전국에 다 팔 수 있다, 올레꾼들부터 먼저 입소문을 내줄 것이라며 반론을 제기했다. 급기야는 서울에 수소문을 해서 벨기에에서 초콜릿을 정통으로 배운 국내 최고의 전문가를 섭외해 신산리로 모셔왔다.

대도시에서만 살아온 이 전문가는 고요하고 평화로운 신산리의 매력에 푹 빠졌고, 한동안 이 마을에 머물면서 마을 주민들에게 초콜릿과 아이스크림 제조 비법을 전수해주었다. 서울로 돌아간 그녀는 사무국으로 이런 메일을 보내왔다.

> "아직도 신산리의 파도소리가 귀에 쟁쟁하고 밤바다를 물들이던 신비로운 달빛이 눈에 선합니다. 정말 행복했습니다."

포기하지 않고 여러 번의 시행착오 끝에 드디어 최적의 배합률과 공정 과정을 찾아냈다. 녹차 아이스크림과 초콜릿이 마을카페에서 처음 시판되던 날, 우리는 다시 신산리를 찾았다. 동네에서 열리는 큰 잔치였기에 카페 관계자들뿐만 아니라 해녀 삼촌들도 여러 명 참석했다. 눈보라 치던 새해 첫날 먼발치로만 봤던, 끝내 만나지 못했던 바로 그 삼촌들이었다. 문득 그녀들과의 인연이 특별하게 다가왔다. 신산리에서 그들을 보고 있노라니 바당과 녹차, 제주올레길과 해녀, 참으로 기이한 인연이라는 생각이 들었다.

해녀 개개인의 이야기를 듣다 보니, 이렇듯 강하고 억척스러운 해녀의 삶은 대체 어디서 출발한 것인지 궁금해졌다. 어떤 역사가 이렇듯 인류 역사상 유례없는 여성 전문직을 배출해낸 것일까, 하는 궁금증 말이다.

도서관과 책방을 뒤지면서 옛 문헌과 연구 보고서, 해녀 관련 서적을 찾아내 닥치는 대로 읽었다. 아, 해녀들의 개별적 인생에만 파도가 있었던 게 아니었다. 삼국시대 이전부터 진주를 캐다 바쳤다는 기록에서부터 조선시대, 일제 강점기, 4.3 제주민중항쟁에 이르기까지 해녀들은 역사의 파도를 굽이굽이 헤쳐왔다는 걸 비로소 알게 되었다. 피동적으로 역사의 파도에 휩쓸리기만 한 것이 아니라, 그녀들은 때로는 능동적 · 적극적으로 그 파도를 헤쳐나왔다는 것. 독도에서부터 블라디보스토크까지 가족을 위해 돈을 벌러 '출가 물질'을 다녔고, 지식인들조차 숨죽여 살던 일제하 무단통치 시기에 일제의 무단횡포에 저항하는 대규모 장기적인 항쟁을 벌였다는 것도.

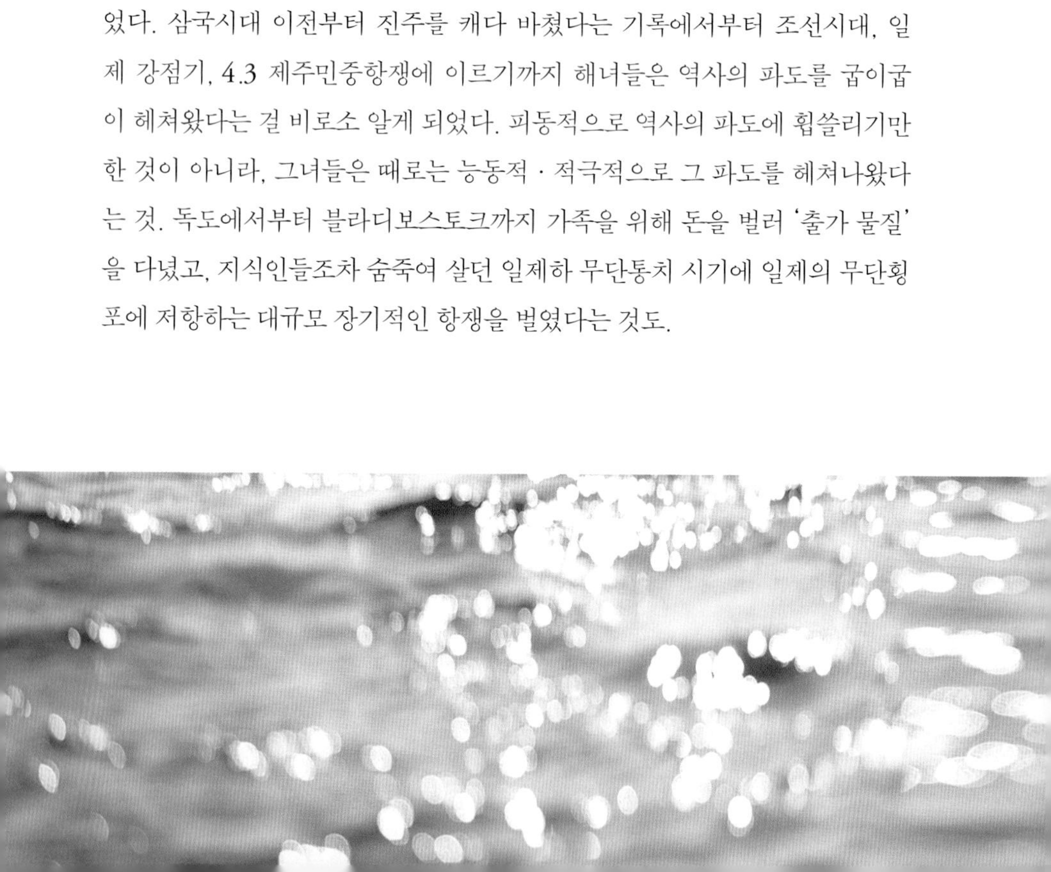

제2부

저승과 이승을 넘나드는 해녀의 삶

Jeju
제주도
어촌계

해남은 왜 사라졌을까

서울에서 대학을 다닐 무렵 제주 출신인 내가 진저리나게 들은 두 가지 질문이 있다. 아니, 질문이라기보다는 비아냥거림과 호기심이 섞인 농담이라고나 할까. "제주에서는 여자들만 일하고 남자들은 놀거나 아이를 본다면서?" "제주도에서는 한라산에서 공을 차면 바다로 떨어진다면서?"

거지가 될지언정 포작의 아내는 아니 되리라

먼 옛적부터 제주에는 깊은 바닷속 전복을 따는 건 남자들인 '포작'의 몫이었고, 가까운 바다에서 미역 등 해조류를 채취하는 건 여자들인 '잠녀'의 몫이었다. 그 역할이 완전히 바뀐 것은 조정과 육지에서 파견

된 탐관오리들 때문이었으며, 사달은 전복이었다.

지금은 양식업이 발달해 완도를 비롯한 여러 육지의 어장에서 전복 양식이 대대적으로 이루어지고 있지만, 조선시대에만 해도 전복은 제주나 남해안 일부에서나 나는 자연산이 전부였다. 특히 제주 바당 깊은 곳에서 자라는 전복은 귀하디 귀한 식재료가 아닐 수 없었다. 냉동시설이 없던 시대라서 포작들이 잡은 전복은 말린 전복 상태로 육지에 나갔는데, 바닷가 마을마다 일종의 준조세 형식으로 '추복 00첩, 인복 00첩, 조복 00첩' 식으로 조정 진상품 할당량이 떨어졌다.

바다에 흉년이 든 해에도 한번 정해진 할당량은 그대로였다. 직접 파도와 맞서고 바람에 시달리고 물에 들어가보지 않은 높으신 양반들이 천 리 밖에서 물질하는 포작들의 애환을 알 리 만무했다. 게다가 탐관오리들은 말린 전복을 뒤로 빼돌려 조정의 높은 양반들에게 뇌물로 바치거나 값을 몇 배로 부풀려 육지부에 팔아서 사욕을 챙기기 급급했다. 포작들의 어깨가 휠 수밖에 없었다.

바쳐야 할 전복의 수량을 채우지 못한 포작들은 관아로 끌려가 곤장을 맞거나, 흩어져서 떠돌다가 물에 빠져 죽어서 열 중 두셋만 살아남았다. "거지 노릇을 하다 죽을지언정 포작하는 사람의 아내가 되려고 하지 않는다"(『표해록 제국 풍토기』)는 기록은 가혹한 당시 현실을 고스란히 보여준다. 이 때문에 잠녀와 포작인은 가장 천하고 힘든 노동이라는 육고역六苦役의 하나로 꼽히기도 했다.

완벽한 시대적·계급적 을乙로서 포작들이 느꼈을 고통과 원한이 오죽했을 것인가. 비단 이 시대만의 이야기는 아닐 것이다. 시간이 많이 흐른 지금에도 갑의 횡포는 여전하고 을이 받는 모멸감은 삶의 위협으로 다가오기도 한다.

견디다 못한 포작들은 바다 건너 육지로 줄행랑을 쳤다. 조선시대에 돛단배 '풍선風船'으로 제주해협을 건너는 일은 목숨을 건 일이나 다름없었다. 요즈음 텔레비전 방송에서 전쟁과 기아에 시달리다 못한 시리아 등 아랍·이집트 난민들이 작은 배에 몸을 실고 유럽으로 필사의 탈출을 한다는 뉴스와 다를 바가 없다.

정든 고향을 떠난 포작인들과 그 가족이 얼마나 많았던지 남해안 일대에 유랑 걸식하는 집단 난민촌이 여기저기 생겨났고, 이는 당시에 커다란 사회 문제로 대두되기도 했다. 실제로 『조선왕조실록 중종편』에는 이런 기록도 나온다.

> "제주 포작인 등 남녀 74명이 전라도 흥덕 지방에 이거하고 본토로 송환되는 것을 싫어하면서, 압송하여 가려는 색리에게 공갈하면서 판명했다."

그들에게 고향 제주는 정든 땅, 그리운 가족이 있는 곳 이전에 가혹한 수탈의 현장이었고, 귀향은 그 지긋지긋한 포작으로의 복귀를 의미했으니 어찌 아니 그랬을까. 이래 죽으나 저래 죽으나 그들에게는 매한가지였던 것이다. 조정은 섬사람들의 탈출을 막기 위해 궁여지책으로 1629년(인조 7년)과 1778년(정조 2년) 두 차례에 걸쳐서 출륙금지령을 내렸다. 그 결과 제주도는 근 200년 가까이 조정의 허가 없이는 육지로 드나들 수 없는 '바다에 떠 있는 뇌옥'이 되고 말았다.

포작들의 대거 이탈을 거치면서 전복 잡는 일은 점차 여자들의 몫으로 굳어지게 되었다. 조정에 어떻게든 말린 전복을 보내야 하는 관리들은 남자가 떠난 해안 마을에서는 여자들이라도 전복을 잡아서 바쳐야 한다고 으름장을 놓았다. 이익태의 『지영록』(1695)에 제주에서 미역을 주로 따던 잠녀들에게 전복 따는 균역을 시켰는데 잠녀들도 곧잘 해내더라는 기록이 나오는 걸 보면, 17세기부터는 전복 따는 일이 거의 해녀들로 대체되었음을 알 수 있다. 고무옷도 없던 시절 그 작업이 얼마나 고되었는지 해녀들 사이에 내려오는 속담이 있다. '여자로 나느니 쇠로 나주(여자로 태어나느니 소로 태어나지).'

육지 사람들은 제주에는 '왜 해남은 없고 해녀만 있느냐'고 의아해하지만, 기실은 조선 조정과 지방 탐관오리의 횡포가 제주의 잠수 일을 여자의 몫으로 만든 셈이다. 인류 역사상 가장 오래된 여성 전문직, 해녀의 탄생은 역사상 가장 가혹한 수탈의 결과이니 '역사의 아이러니'라고 말할 수밖에.

풍중이라도 해주는 서방님 있다면

포작 일을 그만둔 해녀의 남자들은 무엇이 되었을까. 그들은 과연 육지 사람들의 편견처럼 놀고먹기만 한 것일까. 그렇기도 하고, 아니기도 하다.

생각해보면 제주 남자들에게는 선택지가 별로 없었다. 섬이라는 지리적인 여건과 물류 수송에 걸리는 시간 때문에 제주도에는 덩치가 큰 공단이나 산업체가 들어설 여지가 거의 없었다. 해안 쪽으로는 너른 들판이나 농경지가 없기에 농사일도 그닥 많지 않아서 우영팟(텃밭) 정도가 고작이었다.

가혹한 변방의 역사도 제주 남자들의 목을 옥죄었다. 일제하 해녀 항쟁과 4.3 항쟁을 거치면서 그나마 마을에서 공부깨나 했다는 지식인들은 감옥에 갇히거나 죽거나 행방불명이 되고 말았다. 남은 가족들도 '연좌제'에 걸려서 공무원이 되기도, 군인이 되기도 어려웠다. 살아서 온전히 목숨을 보전하는 것만으로도 기적같은 일이었다.

결국 해안 마을에서는 바다에 목숨을 건 어부가 되든지 집에서 빈둥거리든지 일본이나 육지로 떠나든지, 셋 중 하나가 남자들의 선택지가 될 수밖에 없었다. 그래서일까. 해녀 노래에서도 남편들은 사별하거나, 무능력한 존재로 종종 묘사되곤 한다.

부량청신 가신 님은
돈이나 벌믄 오건마는
공동산천 가신 님은
제사 때나 돌아오네

물찌마다 이 물질허영
한푼두푼 벌어논 금전
서방님 술잔에 다 들어간다

든든한 보디가드이자 바다의 파수꾼, 풍중

하지만 해녀의 남자들에게도 크나큰 역할이 있으니 '풍중'이 그것이다. 온종일 물질 끝에 물 먹은 솜처럼 지친 몸으로 물 밖에 나온 해녀들에게는 물질 못지않은 고된 노역이 기다린다. 잡은 해산물을 집으로, 또는 공동 구판장까지 운반하는 일이다. 물 밖으로 나온 전복과 소라, 성게가 얼마나 무거운지는 들어본 사람만이 알리라.

해안가 지형에 따라 조금씩 다르지만, 예전에는 물에 흠뻑 젖은 무거운 해산물 망사리를 메고 이고 져서 짧게는 몇십 미터에서 길게는 몇백 미터까지 펼쳐진 돌길 바윗길 모래사장 길을 걸은 뒤에 해안에서 한참 떨어진 집까지 운반해야만 했다. 교통수단이 발달한 요즈음에도 유모차, 스쿠터, 트럭, 오토바이 등 차량이 있는 곳까지는 사람 힘으로 옮겨야만 한다.

바로 그때가 남편 풍중의 존재가 빛을 발하는 순간이다. 아내가 물속에서 나올 때를 기다려 남편이 짠하고 나타난다. 홀어멍 해녀들에게는 한없이 부럽고 서러운 순간이다. 화순 해안가에서 만난 한 해녀 할망은 이렇게 말했다.

"서방 어신 설움은 무거운 망사리를 어깨에 질질 메엉 모래에 푹푹 빠지멍 걸어가젠 허민 실감나주. 경헐 때민 노름을 허든 마누라를 패든 서방 있는 여자들이 잘도 부러웡 눈물이 다 나메(남편 없는 서러움은 무거운 망사리를 어깨에 질질 메고 모래에 발이 푹푹 빠지면서 걸을 때면 실감하지. 그럴 때면 노름을 하든 마누라를 패든 남편이 있는 여자들이 너무 부러워서 눈물이 다 나지)."

풍중의 또 다른 중요한 역할은 운반 외에도 '감시'다. 조선시대에는 제주 바당에 종종 출몰하는 왜구, 근대에 들어서는 제주 해역의 해산물을 싹쓸이하는 일본의 잠수기선, 최근에는 중국 어선들이 해녀의 바당에서 불법 조업을 하지 못하도록 지키는 역할이다. 먼 곳에서 남자들이 지켜보는 눈이 있으면 함부로 바당을 침범하지 못한다. 아내의 든든한 보디가드이자, 바다의 파수꾼이 풍중이다.

보말을 까먹으며 아내 기다리는 남편들

2014년 여름 어느 날 오전 10시, 나는 올레 6코스 보목 구두미 포구에서 한 서양 남자를 기다리고 있었다. 프랑스에서 온 프리랜서 방송 PD 베노아 데 라 로체(이하 베노아). 그는 산티아고길과 흡사한 길이 대한민국 제주에 있다는 이야기를 접하고 보름 동안 제주에 머물면서 다큐를 찍기로 했다.

추자도 '클린올레' 행사에서 처음 만난 베노아는 진지하고 약간은 까칠한 느낌을 주는 전형적인 프랑스 남자였다. 온종일 무거운 ENG 카메라를 메고 추자올레에서 가장 힘든 구간인 돈대산 정상과 나바론 절벽을 오르내리는 호리호리한 체격의 그가 안쓰러울 지경이었다. 한국의 보도진들은 차량을 이용해서 '포인트' 지점만 찍고 다니는데, 그는 올레꾼들과 똑같이 전구간을 걸으면서 촬영하는 고집스러운 면모를 보였다.

해녀들을 더 촬영하고 싶다기에 일주일 뒤에 구두미 포구 해녀 탈의장 앞에서 다시 만나기로 했다. 베노아를 만나기로 한 날 보목리 해녀들은 섶섬이 바라보이는 구두미 포구에서 성게 작업을 하는 중이었다. 해녀 삼촌들의 테왁은 앞바다에 둥둥 떠 있었고 테왁의 주인들은 가끔씩 수면 위로 솟구쳐올랐다. 초여름 햇살이 적당히 뜨거웠고 바다는 잔잔했다.

약속 시간에 딱 맞춰서 나타난 베노아는 그동안 얼마나 돌아다녔는지 와랑와랑한(이글이글거리는) 제주 햇살에 희멀겋던 얼굴이 구릿빛으로 그을려 있었다. 구면이라서 가깝게 여겨졌는지, 그새 얻어들은 이야기가 있었는지, 그는 만나자마자 뜻밖의 이야기를 꺼냈다. "왜 제주도 남자들은 일을 안 하고 여자에게만 이렇게 힘든 일을 시키는 거예요? 프랑스에서는 상상도 못 할 일이에요." 역사적 배경도 있고 문화적 차이도 있다고 애써 역설했지만 그는 여전히 납득이 안 간다는 표정이었다. 그 순간, 희한한 광경이 눈에 들어왔다.

해녀 탈의장 앞에 모인 세 명의 하르방들이었다. 한 하르방은 아예 콘크리트 바닥에 옆으로 드러누웠고 두 하르방은 앉아 있었다. 그들 옆에는 '한라산' 소주병이 있었다. 가까이 가보니 보말(작은 고동)을 돌멩이로 탁 내려쳐서 그 내용물을 안주 삼아 아침부터 술을 즐기는 중이었다.

그중 한 하르방이 카메라를 든 서양 남자가 신기한지 우리 일행에게 말을 걸어왔다. 뭐 하는 사람들이냐, 여기에서 뭐 찍느냐. 물질 끝난 해녀 삼촌들을 찍으려고 기다리고 있다니까 화들짝 반색했다. 우리 할망들이란다. 딱 감이 왔다. 아, 물질 나간 아내들을 기다리며 시간을 죽이는 중이로구나.

베노아의 문제 제기가 마음에 걸렸던 걸까. 나도 모르게 하르방들에게 불쑥 항의조의 말을 내뱉었다. "여자 삼촌들은 물속에서 저추룩 고생햄신디 남자 삼촌들은 이추룩 술만 마셤수과(여자 어르신들은 물속에서 저렇게 고생하고 있는데, 남자 어르신들은 이렇게 술만 마셔요)?" 술잔을 잡은 하르방이 화를 내기는커녕 환하게 웃으면서 대답했다. "무사. 나도 오늘 헐 일은 해신디. 새벽부터 코생이 몇 마리 잡아당 손질까지 다행 냉장고에 놔뒁 왔저. 이따 저녁 반찬거리 허젠(왜. 나도 오늘 할 일은 했는데. 새벽부터 코생이 몇 마리 잡아서 손질까지 다 해놓고 냉장고에 놔두고 왔어.

이따 저녁 반찬거리 하려고).” 아마 새벽 낚시질을 나갔다가 물고기 몇 마리를 잡으신 모양이었다.

하르방의 표정이 십대 소년처럼 하도 천진난만해서 그만 푹, 웃음이 터졌다. 바닥에 드러누운 다른 하르방은 물속으로 들어갔다 나왔다 하는 해녀 삼촌들을 무심한 눈으로 좇고 있었다. 그 모습이 기이하게도 평화로워 보였다.

베노아는 작업하는 해녀들을 까맣게 잊어버린 듯 해녀의 남편들에게 이리저리 카메라를 들이댔고, 세 하르방은 그러거나 말거나 지극히 평온하고 넉넉한 표정으로 마시던 술을 계속 마셨다. 훗날 프랑스 텔레비전에 이 광경이 어떻게 비칠지, 베노아가 어떻게 해석할지 자못 걱정스러웠지만 그의 시각을 간섭할 수는 없는 노릇이었다.

두어 시간 뒤 물질을 마친 해녀 삼촌들이 하나둘 뭍으로 올라오기 시작했다. 느긋하게 기다리던 하르방들은 잽싼 동작으로 달려가더니 저마다 자기 짝꿍의 망사리를 받아들어 리어카에 실었다. 리어카를 밀면서 집으로 돌아가는 그들의 표정은 본인의 소임을 다한 승자의 표정이었다. 게다가 집에 가면 냉장고에 넣어둔 코생이까지 있으니…….

베노아는 여전히 심각한 표정이었지만, 이 또한 제주 삼촌들이 살아가는 방식이니 어쩔 것인가.

배보다 마음이 고팠던 우리 어멍

해녀에게는 남편인 '풍중' 말고 자식들도 있었다. 그들의 눈에 비친 해녀 어멍은 어떤 존재였을까. 제주시에서 마을 도서관인 달리 도서관을 운영하는 여자 후배 세 명. 현순실, 박진창아, 토토(가명)의 어머니는 공교롭게도 다들 해녀들이었다.

그녀들에게 어멍, 해녀들에 대해 물었다. 토토는 말했다. "어느 날 어머니가 물질 나간 사이에 우리끼리 고구마를 구워먹고 그 증거를 남기지 않으려고 창문을 열고 난리를 피웠어요. 돌아온 어머니가 고구마를 구워먹었냐고 물었지만 우리 5남매는 서로 약속한 대로 시치미를 뗐지요. 그런데 어머니가 갑자기 서럽게 대성통곡을 하셨어요."

박진창아가 말을 이었다. "어찌나 우리 어멍이 무서웠던지. 물질 끝낸 어멍이 돌아오는 발소리가 들리면 우리 남매는 갑자기 청소를 하고 공부하는 척, 비상사태에 돌입했어요. 동화책의 인어아가씨가 로망이었다면 우리 해녀 어멍은 현실이었던 거죠."

억척스러운 모습으로 기억되는 해녀 어멍들……. 생각해보면 그녀들은 배보다는 마음이 고파 더 서러웠을지도 모른다.

아이 업고
일제에 맞서다

제주도에서 초중고를 다니면서도 나는 해녀들의 항일운동에 대해 전혀 알지 못했다. 아우내장터에서 3.1만세 사건을 주도한 유관순은 교과서나 위인전은 물론 고무줄놀이에서도 늘상 접했지만, 하도리 해녀항쟁을 주도한 김옥분의 존재는 까맣게 몰랐었다. 로마제국의 황제나 조선조 왕들에 대해서는 족보까지 달달 외우게 만들면서도 정작 나고 자란 지역의 향토사는 가르치지 않는 우리나라 교육 때문이다.

성산포에서 시작되어 하도리까지

올레꾼들이 먼저 지나는 곳은 20코스 후반부에 있는 세화 오일장터다. 오일장이 열리는 날에는 이효리 등 제주의 이주자들이 참여하는 밸롱 장이 열리는 등 볼거리가 풍성하지만, 평소에는 빈 장막만 펄럭이는 다소 을씨년스러운 곳이다. 그러나 이곳은 일제하 무단통치 시절에 가장 격렬한 반일시위이자 민중항쟁이 벌어진 역사의 현장이기도 하다.

1930년대 접어들어 해녀들의 권익을 보장해주어야 할 해녀조합이 철저히 일제에 어용화되었고 해녀들을 착취하는 횡포는 극에 달했다. 해녀들의 생존권이 달린 문제였다. 1931년 처음 시작된 해녀조합의 첫 번째 시도는 수포로 돌아갔다. 그리고 다음 해 1월 7일 시위가 재점화된 것이다.

1932년 1월 7일은 세화리 장날이었다. 기록에 따르면 하도리 해녀들은 한 손에는 호미, 한 손에는 빗창을 들고, 어깨에는 양식 보따리를 메고, 갓난아이를 둘러업고 마을에서부터 걸어서 세화 오일장에 도착했다. 이들은 인근 마을에서 모여든 해녀들과 합세해서 집회를 열고, 해녀들을 착취하고 근수를 속이는 해녀조합에 대한 성토를 하고 요구조건을 채택한 뒤에, 제주읍을 향해 도보행진을 시작했다.

상상해보라. 마을 해녀들이 양식 보따리를 걸머지고 물질할 때 쓰던 도구를 무기 삼아 손에 쥐고 아이를 둘러업고 그 먼 제주읍까지 걸어가겠다고 나선 정경을. 필시 죽음을 불사한 행군이었을 것이다.

시위 행렬이 구좌면사무소에 다다르자, 면장이 나서서 요구조건을 들어주겠노라고 약속했고 시위 행렬은 오후 5시에 일단 해산했다. 그러나 약속은 이행되지 않았고, 해녀조합은 예전처럼 채취물에 대한 지정판매를 강행했다. 이에 구좌읍과 성산의 해녀들은 잇따라 마을별로 회의를 갖고 대책을 논의했다.

닷새 뒤인 1월 12일. 이날은 새로 부임한 제주도사(현 도지사) 겸 해녀조합장인 일본인 다구치가 초도순시차 구좌면을 방문하는 날이자 세화리 오일장 날이었다. 여러 차례 요구조건이 좌절된 구좌면 하도리, 세화리, 종달리, 연평리, 정의면(현 성산읍) 오조, 시흥리 해녀들은 이날을 기해 대대적인 시위를 벌이고 신임 도사에게 요구조건을 제시하기로 결심했다.

드디어 장날이 돌아오자 세화 경찰관 주재소 동쪽 네거리에 종달, 오조리 해녀 300여 명과 하도리 해녀 300여 명, 세화리 해녀 400여 명이 일시에 모여들었다. 천여 명의 시위대는 호미와 빗창을 휘두르면서 만세를 외치며 오일장 터로 향했다. 이들 시위대는 세화장에 모여든 마을 사람과 더불어 집회를 열었고, 각 마을 해녀 대표들은 항쟁 의지를 다지는 연설을 차례로 했다.

때마침 신임 제주도사를 태운 자동차가 시위대 뒤로 달려오다가 시위대의 기세에 놀란 나머지 순시를 포기하고 돌아가려고 했다. 그러자 시위대는 집회를 중단하고 차량으로 몰려가 도사를 에워쌌다. 호미와 빗창을 든 해녀들은 "우리들의 요구에 칼로써 대응하면 우리는 죽음으로 대응한다"고 외치며 달려들었다.

사태가 험악해지자 신임 도사는 해녀들과의 대화에 응하기로 했다. 해녀측은 '지정판매 반대' '해녀조합비 면제' '도사의 조합장 겸직 반대' '일본인 상인 배척' 등의 요구조건을 내걸고 도사와 담판을 벌였다. 해녀들의 기세에 눌린 도사는 이들의 요구조건을 5일 내에 해결하겠다고 약속한 뒤 오일장을 부랴부랴 빠져나갔다.

이후 사태는 완전히 반전되었으니, 1월 23일부터 27일까지 일제가 파견한 무장경관대가 34명의 해녀 주동자들과 수십 명의 마을 청년들을 체포하고 연행했다. 심지어 전남 경찰부에서 응원 경관이 파견될 정도였다. 각 마을 해녀들은 심하게 반발했고 26일 우도에서는 주동자를 검거하러 온 배를 에워싸고 시위를 벌였지만, 27일 검거자 석방을 요구하는 종달리 해녀들의 시위마저 경찰에 강제진압당하면서 항쟁의 불씨는 꺼졌다.

이로써 1931년부터 1932년 1월까지 연인원 1만7천 명이 참가하면서 연 230회에 이르는 집회 및 시위가 이어진 '제주 해녀항쟁'은 막을 내렸다. 서슬 퍼런 일제하 무단통치시대에 들불처럼 일어난 제주해녀들의 처절한 저항의 종말이었다.

세 남자의 죄, 해녀들을 사랑한 죄

올레 20코스 종점이자 21코스 시작점에서 올레꾼들을 맞이하는 해녀박물관. 이곳을 그냥 지나쳐서는 안 될 일이다. 건물 안에 들어가면 해녀항쟁을 이끈 부춘화, 김옥련, 부덕량 등 하도리 해녀들이 어떤 과정을 통해 자신들의 권리에 눈 떴는지를 생생하게 알 수 있다. 이들이 육지와 일본 등지에서 유학한 지역의 지식인 청년들에게 교육을 받은 하도강습소(하도 보통학교 야간부) 풍경 또한 밀랍인형으로 고스란히 재현되어 있다. 이들 해녀들은 야학 교사들에게 『농민독본』, 『노동독본』 등의 계몽서를 배우고, 한글과 한문을 익히고, 저울 눈금 읽는 법을 교육받았다.

이들 중 리더였던 부춘화는 15살부터 해녀 생활을 시작했고 1923년부터 야학에서 한글공부를 하면서 민족의식을 깨쳤다. 그녀는 21살이던 1928년 구좌면 해녀조합 대표로 선임되어 해녀 회장으로 활동했다. 역시 같은 하도리 출신인 김옥련은 9살 어린 나이부터 물질을 시작했고, 또래들 사이에서 손꼽히는 '상군 잠수'였다. 부모의 강한 반대에도 불구하고 야학을 다니면서 신학문을 깨쳤다. 김옥련은 제주해녀 항일투쟁기념사업추진위원회가 펴낸 『제주해녀항일투쟁실록』에서 담담하게 증언한다. "우리 민족이 힘이 없어 일본한테 압박받고 해녀들이 착취당하는 걸 참을 수 없었어. 그뿐이야."

경찰에 끌려간 두 사람은 취조 과정에서 소 채찍을 맞고 두 팔을 뒤로 비틀리고 나무 봉 위에 무릎을 꿇린 채 짓눌리기를 수차례 당했다. 목포 형무소에서 6개월이나 징역을 산 부춘화와 김옥련은 제주 사회의 끈질긴 청원으로 뒤늦게야 독립유공자로 인정받았고, 둘 다 90대까지 장수하면서 여러 매체의 인터뷰를 통해 당시의 상황을 생생하게 증언했다.

그렇다면 이들을 배후 조정한 혐의로 함께 체포되어 형무소에 수감됐던 세 명의 청년 교사들은 어찌 되었을까. 해녀 자료집들을 통해 알게 된 진실은 참으로 쓰라렸다. 연구자들이 추적한 바에 따르면 그들 모두 형무소에서 풀려나온 뒤 신산하고도 쓸쓸한 삶에 직면했다.

강관순, 신관홍, 김성오 세 청년 모두 구좌읍 일대에서 수재로 꼽히면서 제주에서는 보기 드물게 일본, 경성에서 고등교육을 받은 인재들이었다. 그런 그들이었지만 2년 6개월에서 5년에 걸친 긴 감옥 생활을 마친 후에도 고향 제주로 돌아오지 못한 채, 이국땅에서 얻은 지병으로, 행방불명으로, 장기투병 끝에 비운의 삶을 마감하고 말았다.

'혁우동맹' 결성이라는 죄목에서 짐작할 수 있듯이 그들은 사회주의 인터내셔널 혁명을 꿈꾸었던 좌파 지식인이었다. 하지만 일제하 수많은 지식인들이 불가능해 보이는 조국의 해방과 고통받는 민중들의 삶을 개선하는 돌파구를 사회주의 혁명에서 찾았던 것 또한 엄연한 시대적 현실이었다.

세 청년이 저지른 진짜 죄는 일제하 변방의 섬 청년들이 공부를 많이 하고서도 제 한 몸의 출세를 도모하지 않은 죄, 자신들 삶의 뿌리인 해녀 삼촌들을 지나치게 사랑한 죄가 아니었을까. 그들은 아직도 독립유공자로 인정받지 못했다. 단지 좌파였다는 이유만으로.

무남촌 여자들, 역사를 풀어놓다

"4.3 말도 말라이(말도 말라). 그런 세상이 또 어디 이시냐." "쉬, 속솜허라이(조용해라)." 어린 시절 어른들의 숨죽인 대화에는 늘 '4.3'이라는 단어가 등장했다. '4.3, 그게 뭐지?' 궁금했고 가끔 물어봤지만 어른들은 그런 거 알 필요 없다고, 너네는 공부나 하라고 했다.

제주인들이 겪었지만 제주에서는 내놓고 이야기할 수 없는 사연이 바로 '4.3'이었다. 대학 시절 현기영 선생의 소설집 『순이삼촌』을 읽게 되었고, 그 소설의 무대인 마을에서 벌어진 일을 알게 되었다. 4.3으로 한 마을 400명이 넘는 사람들이 한날한시에 죽었다는 북촌 마을, 남자란 남자는 아이부터 하르방까지 죄다 죽어나가서 '무남촌'으로 불리던 마을을 지켜낸 해녀 삼촌들. 언젠가는 꼭 찾아가서 만나보고 싶었다.

제주의 눈물이 흐른다

19코스를 개척하면서 북촌 마을을 드디어 찾게 되었다. 제주 시인 영선이가 귀띔했다. 북촌을 지날 때에는 반드시 너븐숭이 기념관을 꼭 거쳐야 한다고. 기념관은 바닷가에서 600미터쯤 떨어진 언덕배기에 나지막이 엎드려 있었다.

기념관은 입구부터 충격적이었다. 수많은 이들의 이름과 나이가 빼곡하게 적혀 있었다. 한날한시에 죽은 마을 주민들이었다. 어린 2살 아이에서부터 팔순 넘은 할아버지까지, 이름은 한없이 이어졌다. 모두 412명. 당시 마을 주민은 겨우 500명 남짓이었다고 한다. 작고 아담한 내부 공간에는 그 무렵의 북촌 마을 모습, 사태의 전개 과정이 소상하고 일목요연하게 전시되어 있었다. 발단이 된 경찰과 마을 청년들의 시비에서부터 학살 현장에서 이미 숨이 끊어진 어미의 젖을 빨던 어린아이의 이야기에 이르기까지, 제주의 아픈 역사를 알리기 위해서는 이 기념관을 코스에 포함해야만 했다.

2014년 11월 8일 올레 걷기 축제 마지막 날, 올레꾼들은 또다시 이 역사의 현장을 지나게 되었다. 하늘도 그날의 비극을 기억해서 울어준 것일까. 이틀 내내 날씨가 초가을처럼 화사하고 따뜻했는데, 정작 이날은 시작점에서부터 빗방울이 하나둘 떨어지기 시작했다. 빗줄기는 함덕 바닷가에 접어들 무렵 점점 굵어지는가 싶더니, 서우봉을 넘어갈 무렵에는 장대비처럼 거세졌고 바람마저 세차게 불어댔다.

올레 축제팀은 너븐숭이 기념관 맞은편 언덕배기 추모비 앞에서 특별한 행사를 마련해놓고 있었다. 항아리에 꽂힌 흰 국화꽃을 원하는 올레꾼에게 한 송이씩 나눠주고 희생자들의 충혼탑에 헌화하고 묵념하도록 했다. 누군가가 말했다. "이 비는 그냥 비가 아니에요. 그날 억울하게 희생된 마을 사람들이 흘리는 눈물인 것 같아요."

돌담 옆에 숨어서 건진 목숨

축제 때 수고한 북촌리 부녀회에게 감사도 표할 겸 4.3을 기억하는 나이든 해녀 삼촌들도 만날 겸, 그해 12월 어느 날 북촌리 경로당을 찾았다. 오전 10시. 대여섯 명쯤 모였으리라 짐작하고 인근 슈퍼에서 음료수 한 박스와 초코파이 세 상자를 사들고 갔는데, 아뿔싸 경로당에는 얼핏 보기에도 이십여 명은 족히 되는 할머니들이 모여 있었다. "제주올레에서 온 사람입니다." 크게 소리치며 인사를 드리는데 한 건장한 여장부 인상의 중년 여성이 성큼 일어나 다가왔다. 노인회장이란다. 부

녀회장이라도 해도 충분히 통할 만큼 당당한 체구에 활력 있는 표정이었다. 알고 보니 78살, 4.3 당시에는 8살이었다고 했다.

노인회장은 그때 사정을 잘 알고 가장 크게 피해를 입은 세 노인을 지명하고는 나이순으로 그 순서까지 정해주었다. 처음 지명받은 할머니의 나이를 듣는 순간 내 눈과 귀를 의심했다. 1924년생, 93살이었다. 80대 초반으로 보이는 얌전한 인상, 고운 얼굴. 그녀의 이름은 이서아였다.

"스물네 살이었주. 신랑은 한 살 어려서 스물셋. 같은 마을 이웃이었주. 연애는 아니고 중신으로. 가마 타고 시집갔지. 처음엔 남자영 자는 것이 오죽 모수와시냐(너무 무서워서) 친정집에 도망와부렀주. 신랑이 우리집에 왕 사주단자 막 던져 불고 난리가 났주. 경하당(그러다가) 정들고 살만 허난 그 난리가 난 날에 학교 운동장에 나가자마자 죽어부런. 아이는 오누이가 있었는데 그때 다 죽어부런. 작은 아버지, 우리 아버지도 다 심어당 죽여부런(다 잡아가서 죽였지). 시아방도 죽고 시누이도 하나 죽고. 어떵 살아시냐고? 죽지 않으난 살았주. 우린 두렁청해부난(경황이 없어서) 아무것도 몰란. 그날 돌담 옆에 숨어서 살아났주."

그로부터 60년 넘는 세월이 흘렀다. 신랑 얼굴이 기억나느냐고 했더니 수줍어하던 할머니가 단호한 어조로 대답했다. “나곡 말곡(나고 말고). 세 형제 중에서 얼굴이 제일 고왔주. 키도 제일 크고.”

하도 간절한 표정이라 이후에도 수절했을 거라 지레짐작했는데, 이어지는 사연은 반전이었다. 12살 때부터 시작한 물질을 하면서 혼자 살다가, 하도 생활이 힘들고 과부라고 주위에서 무시하길래 이웃 마을 동복리 남자의 ‘족은 각시(첩)’가 되었단다. 그 남자 사이에서 아들 셋을 낳았지만 이미 6남매를 둔 그 남자의 호적으로 다 입적시켰다. 첫 남편과도 혼인신고를 못한 채 살았고, 두 번째 남자는 이미 혼인한 터라서 호적에 올릴 수 없었다. 93살 할망은 법적으로는 결혼한 적도, 자식도 없는 미혼녀인 셈이다.

우리 다 그랬어. 죽지 못해 살았지

이서아 할망의 이야기가 끝나자 노인회장이 분홍 점퍼를 입은 할망을 가리키면서 말했다. “4.3 추모공원에서 그 사진 봤죠? 아들이 자기 어머니 죽은 줄도 모르고 죽은 어머니 젖을 빠는 장면. 진짜 끔찍하죠. 그 사진 속의 인물이 저 양반의 어머니와 동생이에요.”

그 할망이 말없이 고개를 끄덕이자, 다른 할망들이 일제히 말을 거든다. "맞아 맞아, 저 집 어멍이주."

숨이 끊어진 상태에서 아들에게 젖을 물렸던 그 어멍의 딸, 체온이 식지 않은 어멍의 젖무덤을 더듬으며 젖을 빨던 그 아이의 누나. 그녀 이름은 한민자(82세)였다.

> "우리 어멍은 너무 불쌍하게 죽었주. 아무 죄도 없이. 총에 맞앙. 아방은 4.3 전에 산에 들어오라는 등쌀이 심해서 그걸 피해서 육지로 배 타러 돌아다니당 풍랑으로 죽어불고, 어멍은 그때 4.3 때 죽고. 우리 다섯 남매가 한두 해 사이로 고아가 됐주. 경허난(그렇게 되니까) 남의 집에 밥 얻으러 댕기멍 살아남았주. 난 그때부터 안 해본 일이 없어."

할망의 이야기가 이어지자 그동안 동정적이었던 할망들이 저마다 시끌벅적 반론을 펴고 나섰다. "그때사 다 밥 빌어먹으러 다녔주. 경 안 헌 사람이 어디 이서(그때야 다 밥 동냥해서 먹었지. 그렇게 안 한 사람이 어디 있냐)." "누군 경 안 해시냐. 다 경했주(누구는 그렇게 안 했냐. 다 그랬지)."

무슨 야박한 말씀들인가 했는데, 보충설명을 듣고 보니 그럴 만도 했다. 그날 운동장에서 오전 7시부터 400명 넘는 주민들이 4~50명씩

한 묶음으로 차례차례 끌려가서 오후 5시까지 총살을 당하고 집으로 돌아오자 마을의 민가들은 모조리 불에 타고 흔적도 없었다. 빈집 처마나 타다 남은 헛간에 숨어서 하룻밤을 공포에 지새운 주민들은 다음날 이웃마을 함덕으로 강제 이주당했고, 그곳에서 남의 집이나 친척집을 돌며 동냥밥을 얻어먹으면서 목숨을 부지했다. 마을 주민들이 고향 북촌으로 되돌아온 건 그로부터 1년이 지난 뒤였다.

한참의 야단법석이 진정되자 다시 한씨가 말을 이었다. "명 붙으난 경해도 살았주. 해녀 할망이영 살멍 열네 살부터 물질 배와서 쌀도 사먹곡 옷도 해입곡. 여동생은 남의 집 '애기업게'로 가고(목숨이 붙어 있으니까 그렇게 되어도 살았지. 해녀 할망이랑 살면서 열네 살부터 물질 배워서 쌀도 사먹고, 옷도 해입고. 여동생은 남의 집에 '애기를 돌봐주는 아이' 일을 하러 가고)."

어미의 젖을 빨던 그 세 살배기 남동생은 어찌 되었을까 궁금했다. 다행히도 아들, 며느리를 모두 잃은 해녀 할망은 어려운 가운데서도 억척같이 남은 친손주들을 살뜰히 보살폈고, 남동생은 성년이 된 뒤로는 북촌 마을 이장까지 지냈단다. 또다시 할망들이 한마디씩 거든다. "이 마을은 여자들이 다 살렸주." "해녀들이 이 마을 일으켜세웠주."

우리 오빠 살아 있다고, 막 소리쳤지요

세 번째 증언자 현덕선(87세) 할망은 아까부터 다른 사람의 증언 가운데 틀린 숫자나 장소를 가차 없이 정정해주던 이였다. 야무진 입매, 당찬 목소리의 주인공이었다. 노인회장이 소개했다. “저 할망은 그 난리통에 오빠를 잃었지요.”

할망은 또렷한 표준말로 4.3 이전의 일제 강점기 시절로 이야기를 거슬러 올라갔다. 11살 때부터 물질을 시작한 그녀는 어느 날 갑자기 청년대에 뽑혔다고 했다. 당시 일본군은 대대적인 연합군의 공습에 대비해서 제주도 전역을 요새화하는 작업을 했는데, 북촌 섯오름과 함덕 해안에 이르기까지 진지동굴 12개를 파는 대대적인 공사를 벌였다. 그 공사장에 밥을 해주는 역할이 그녀에게 부과된 임무였단다.

그 험한 일정시대를 넘기자 해방 뒤에는 이 마을에 또 다른 바람이 불어닥쳤다. 청년들에게는 산으로 들어오라는 요구가 빗발쳤다. 그러나 할머니는 장손인 오빠를 절대로 산사람들에게 내줄 수는 없다면서 땅을 파고 쇠거름, 닭거름으로 입구를 덮어 장손을 꽁꽁 숨겼다. 그 장손이 군경에서 북촌 청년대를 모집하자 자원을 하고 나섰다. 좌우 양쪽의 대립 속에서 산으로 가서 빨치산이 되거나 청년대에 자원하거나 둘 중 하나는 피할 수 없는 선택지였다.

"동짓달 보름날이었어요. 군인들이 청년대에 가입한 마을 청년 24명을 함덕초등학교, 지금은 함덕해수욕장이 있는 곳인데, 그곳 대대본부로 데려갔어요. 다음날이 되어도 돌아오지 않으니까 우리 어멍이 차롱에 밥을 담아서 아들을 먹이려고 가는데 가는 도중에 군인 차를 만난 거예요, 그 차가 휑하니 함덕 방향으로 가더래요. 아무래도 다들 죽이려는 것 같다고 어멍이 울고불고 난리였어요."

이 소식을 전해들은 언니와 그녀는 미친 듯이 신작로를 내달렸다. 멀리 군인 차가 보였고 내시빌레(동북리와 북촌의 경계선) 인근에 멈췄다. 1분 여쯤 뒤에 탕, 탕, 탕 여러 발의 총성이 들리고, 다시 차는 되돌아나 갔다. 허겁지겁 그쪽으로 달려가 밭 하나를 넘고, 또 다른 밭으로 들어서자 밭고랑에 엎어진 사람들이 눈에 들어왔다.

"조를 다 수확하고 베어낸 자리였어요. 쓰러진 사람들을 하나하나 뒤집어봤어요. 한 어멍도 거기서 자기 아들을 발견하고는 서둘러 오줌을 먹이더라고요. 그 오빠는 그래서 살아났죠. 그런데 우리 오빠는 다 뒤져도 안 보여요. 마지막으로 저쪽 귀퉁이에 사람이 하나 엎어져 있는데 뒤집어보니 우리 오빠예요. 아직 따뜻해요. 얼굴에 총알 맞은 흔적이 있었지만. 언니랑 나랑 우리 오빠 살아 있다고 막 소리를 쳤지요. 둘이 오빠를 양 옆에서 부축해서 질질 끌다시피 집으로 향했지요."

갑자기 옆구리가 뜨뜻해졌다. 뜨뜻한 물이 줄줄 흘렀지만 오빠가 흘리는 오줌이려니 했다. 언니는 마을 입구에서 군인과 마주치자 '대한민국 만세'를 세 번 불렀다. 그래야 산다면서. 그러나 집으로 돌아온 오빠는 이미 싸늘하게 식어 있었다. 오줌으로 여겼던 뜨뜻한 물은 오목가슴을 관통당한 오빠의 가슴에서 흘러내린 피였다.

"밭에 가서 오빠를 묻었는데 슬퍼할 새도 없이 또 탄압이 들어왔어요. 이번에는 산사람들이 내려와서 왜 대한민국 만세를 불렀냐고 닦달해요. 언니랑 둘이 남의 집 구들목에서 일주일이나 숨어 지냈어요. 그사이에 우리 어멍은 온 동네방네 헤집고 다니면서 우리 아들 살려내라고, 우리 종손 살려내라고 난리를 피웠다고 해요."

북촌리 해녀 할망들의 사연은 제각각이면서도 공통점이 있었다. 사랑하는 가족을 잃고 동냥질과 물질로 모진 목숨을 연명했고, 살아남은 죄로 고생 하나만큼은 누구에게도 뒤지지 않을 만큼 실컷 했노라고 할망들은 말했다.

그런데도 북촌리는 제주에서도 손꼽힐 정도로 장수 마을이다. 그날 모인 할망들이 그 증거였다. 70대는 너무 젊어서 노인 축에도 낄 수 없었다. 이런 역설은 대체 어떻게 가능한 걸까. 그날 몇 시간 경로당에 머물면서 그 비결을 어렴풋이 짐작할 수 있었다. 할망들은 끊임없이 수다를 떨었고, 서로의 말에 끼어들었고, 차마 눈물 없이는 들을 수 없는 사연을 털어놓다가도 까르르르 웃음보를 터트렸다.

철모르는 어린 시절 생과 사의 기로에 놓이고, 피붙이의 죽음을 생생하게 목격하고, 잿더미가 된 무남촌에서 한평생 물질로 자식들을 키워낸 그녀들. 무남촌의 해녀 할망들은 살아 있는 '지금'이 얼마나 소중한 날인지 일찌감치 터득했는지도 모른다.

제주 4.3 민중항쟁

1947년 3월 1일 제주도에서 경찰의 발포사건을 기점으로 1948년 4월 3일 발생한 남로당 중심의 봉기 사태이며, 그로부터 한국전쟁이 끝난 후인 1954년 9월 21일 한라산 금족지역이 전면 개방될 때까지 제주도에서 발생한 무력충돌과 진압 과정에서 2만5천여 명의 학살 피해자를 낸 사건이다. 제주 4.3특별법에 의한 조사 결과, 사망자만 1만4천여 명이며 희생자(신고된 희생자 숫자 기준) 가운데 여성이 21.1퍼센트, 10세 이하 어린이가 5.6퍼센트, 61세 이상 노인이 6.2퍼센트를 차지한 반인륜적 국가 범죄다.

8.15 광복 이후 유엔에서 남한의 단독정부 수립이 결정되고 남한만의 5.10 선거가 예정되면서 전국적으로 반대 집회가 벌어졌다. 1947년 3월 1일 제주 시위에서 어린아이가 기마경찰에게 치이는 사건이 발생, 군중이 야유하며 기마경찰을 쫓아 경찰서로 향했다. 이를 경찰서 습격으로 오인한 경찰이 시위대에게 발포해 6명이 사망했다. 하지만 이 사건을 '시위대에 의한 경찰서 습격사건'으로 규정하면서, 여론이 들끓기 시작해 제주도 내 166개 기관과 단체에서 4만 명의 도민이, 제주 경찰의 20퍼센트(66명)가 참여하는 총파업이 전개되었다. 경찰은 파업 관련자를 검거하는 것은 물론, 그 과정에서 파면된 경찰관의 공백을 북에서 내려온 청년들로 구성된 우익단체 서북청년단으로 충원해 탄압을 강화함에 따라 시위를 지지한 다수 제주도민과의 갈

등을 키웠다.

혼란스러운 사회 분위기 속에서 1948년 4월 3일 새벽, 제주 남로당은 도내 24개 중 12개 경찰서를 공격하고, 경찰관과 서북청년단 등 우익단체 관계자들의 집을 습격해 가족들을 처형했다. 이에 미군정은 각 도에서 차출한 대규모 군대, 경찰, 서북청년단 등 반공단체를 급파했고, 제주 내의 교통을 차단, 미군 함정을 동원해 해안을 봉쇄해 상호간 수십 명이 살해됐다. 사태가 심각해지자, 더 이상의 피해를 막고자 9연대 사단장과 남로당 무장대장이 평화협상을 체결, 전투를 72시간 이내 중단키로 합의했다.

그러나 미군정과 정부의 강경 진압정책으로 평화협상은 깨졌고 한 우익청년단체의 방화사건으로 사태는 악화되었다. 5월 10일 남한 단독선거에서 제주도는 투표수 과반수 미달로 무효 처리되었지만, 8월 15일 남한에 대한민국 정부가 수립되었고 9월 북한에 조선민주주의공화국이 수립되면서 이승만 정부는 제주도 문제를 정권의 정통성에 대한 도전으로 인식했다.

이승만 정부는 10월 제주도에 경비사령부를 설치, 군 병력을 확대시켰으며 해안선에서 5킬로미터 이상 들어간 중산간지대를 통행하는 자는 폭도배로 간주, 총살하겠다는 포고문을 발표했다. 중산간 마을 주민들은 해안 마을로 강제 이주되었고, 대대적인 강경 토벌 작전이 제주 전역을 휩쓸었다. 4개월 동안 진행된 토벌대의 초토화 작전으로 중산간 마을 95퍼센트 이상이 불탔고, 좌익과 무관한 많은 사람들이 희생되었다. 마을 자체가 없어진 이른바

'잃어버린 마을'이 수십 개에 이르면서 생활 터전을 잃은 중산간 마을 주민 2만여 명이 무장대의 일원이 되는 결과를 가져왔다. 진압군경은 가족 중 한 명이라도 없는 경우, 도피자 가족으로 분류해 부모와 형제자매를 대신 죽였으며 재판 절차도 없이 주민들을 집단으로 사살했다.

한 마을에서 남녀노소 가리지 않고 400여 명의 주민이 총살당한 '북촌 사건'도 이 같은 강경진압의 결과다.

– 제주 4.3 기념 사업회가 발간한 자료집에서 요약·발췌

제주판 파독 간호사 '출가 해녀'

'출가 해녀'라는 단어를 처음 접했을 때, 나는 그 의미가 시집간 해녀를 뜻하는 줄 알았다. 알고 보니 '제주를 떠나 육지로 물질 나간 해녀'를 뜻하는 말이었다. 문헌을 살피다 보니 비단 전라남도, 경상남도, 강원도, 독도 등 한국 영토만이 아니라 1930년대에 일본의 관동 지방, 시코쿠 지방, 가고시마 현은 물론이고 중국의 칭다오, 다롄, 더 멀리는 러시아의 사할린이나 블라디보스토크까지 진출했다. 1970년대 박정희 정권 당시 나라 경제에 견인차 노릇을 했던 광부나 간호사들보다 한 세대 앞선, 제주판 수출 역군이었던 셈이다.

출가 해녀들은 대개는 서너 달, 때로는 일 년 가까이 낯설고 물선 외지로 나가서 물질을 한 뒤 고향으로 돌아오곤 했다. 출가 물질을 다녀온 선배 해녀들의 소개로 떠나기도 하고, 소개꾼들이 출가 해녀들을 모집하러 제주를 찾기도 했다. 제주에도 바다가 있는데 왜 그녀들은 고향을 떠나 물질을 한 것일까? 그쪽 바다에 해산물이 더 많았다는 분석도 있지만, 아무래도 당시 제주에는 해녀들이 잡은 해산물을 상업적으로 유통하는 구조가 미비해서 외지에서 더 많은 돈을 벌 수 있었기 때문이 아닐까 싶다.

계약조건은 해녀가 잡은 해산물의 값을 선주와 6대 4 혹은 5대 5로 배분하는 식으로 이루어졌다. 몇 달 물질을 하고 나면 온 가족 먹고살 식량을 장만하거나 결혼 자금을 마련하거나 땅때기를 살 돈을 손에 쥐곤 했기에 해녀들은 정든 고향땅을 떠났다. 보릿고개라는 말이 있을 만큼 나라 전체가 가난과 굶주림에 허덕이던 시절, 파독 광부와 간호사들이 이국땅에서 번 돈을 고스란히 고국의 늙은 부모님 생활비와 어린 동생들 학비로 송금했던 것처럼, 제주해녀들도 번 돈을 고향으로 고스란히 들고 와서 제주 경제와 가정 경제를 지탱하고 일으켰다.

다른 점이 있다면 인종 차별과 임금 격차 속에서도 임금만큼은 꼬박꼬박 받았던 파독 광부 간호사들과는 달리, 죽도록 고생만 실컷 하고선 빈손으로 돌아오는 출가 해녀들이 더러 있었다는 점이다. 해녀들의 물건은 받아놓고서는 대금을 홀랑 떼먹거나 해녀들의 방 값과 밥 값을 바가지로 매겨서 더 줄 게 없다고 시치미 떼는 악덕 선주(물상객주)들이 간혹 있었기 때문이다.

개중에는 젖먹이를 맡길 곳이 없어서 아이를 데리고 출가 물질을 떠나는 해녀들도 있었다. 고향에서 애기업게를 대동하는 경우도 있었고, 때로는 선주네 집 어린 딸이 해녀의 아이를 돌봐주기도 했다. 해녀들에게 약속한 돈을 주지 못한 선주들이 대신 자기 딸을 데려가라고 하는 경우도 있었다. 한 식구라도 입을 덜 겸, 물건 값도 해결할 겸.

해녀들은 그런 딸을 제주로 데려와 제 자식처럼 거두면서 물질을 가르치기도 했는데, 이런 경우를 두고 '봉가온 아이(주워온 아이)'라고 불렀다고 한다. 해녀들의 팔자도 모질지만, '봉가온 아이'의 팔자도 모질기는 마찬가지였다. 참으로 서글픈 한 시대의 초상肖像이다. 출가 물질을 떠난 해녀들은 물질이 끝나면 그리운 제주 바당과 보고픈 가족이 있는 제주섬으로 돌아왔지만, 더러는 그곳에서 눌러살면서 그곳 사람이 되기도 했다. 파독 광부와 간호사들 일부가 독일에 정착해 독일 교민이 된 것처럼.

그녀들은 왜 그런 선택을 했고, 그 뒤 그녀들의 삶은 어찌 흘러갔을까. 못내 궁금했고 그중 몇몇이라도 만나보고 싶었다. 마침 제주에서 살다가 통영으로 떠난 강제윤 시인이 통영에도 제주 출신 해녀들이 많다는 이야기를 전해왔다. 통영대교로 연결되는 통영의 봉평동과 미수동은 '통영 속의 제주'라고 불릴 만큼 제주 출신 해녀들이 장악하고 있다고 했다. 2014년 봄날, 제주해녀를 만날 겸 통영 맛 기행도 할 겸 길을 나섰다.

통영 속의 작은 제주

통영 동피랑 근처 선착장에서 배를 타고 먼바다로 물질 나간 제주 출신 해녀 아주망들을 기다렸다. 예정된 시간보다 이십여 분 늦게 통통배 두 척이 포구에 모습을 드러냈다. 배에서 검정 고무옷을 입은 여자들이 왁자지껄 이야기를 나누면서 배에서 내렸다. 아, 제주어였다. 객지에서 듣는 제주어에 가슴이 아렸다.

기다리고 있는 걸 미리 알았던지라 해녀 아주망들은 우리 일행에게 활짝 웃으면서 손을 흔들었다. 많이 잡으셨냐고 인사를 건넸더니, 오늘은 바당에 별로 물건이 없다면서도 표정만은 싱그러웠다. 오랜만에 고향 사람을 만나는 설렘 때문인 듯했다.

해녀 아주망들은 미수동 횟집 거리 뒤편의 한 건물로 우리를 안내했다. 탈의실과 회의장까지 갖춘 이층짜리 부녀회관이 들어선 걸 보니 이곳에 뿌리내린 제주해녀들의 파워를 짐작할 만했다. 아니나 다를까, 2000년에 통영시와 제주도청이 보조를 해줘서 지어진 건물이란다. 한 해녀 삼촌이 앉자마자 말문을 열었다.

"여기 해녀들은 몬딱 제주 출신이우다. 육지 사람들은 물질을 못 허난. 해녀들뿐이꽝, 여기 포구 근처 식당 주인들도 다 제주 사람들이우다. 제주 출신들 표 무시헐 수 어시난 회관도 지어준 거주(여기 해녀들은 모두 제주 출신입니다. 육지 사람들은 물질을 못하니까. 해녀들뿐이겠습니까, 여기 포구 근처 식당 주인들도 다 제주 사람들이에요. 제주 출신들 표를 무시할 수 없으니까 회관도 지어줬지요)."

자부심이 듬뿍 묻어났다. 물론 처음부터 그런 건 아니었단다.

"40년 전 처음 물질 왕 얼마나 무시를 당했는지 그때 생각하면 눈물이 나. 얼마나 못 살민 여자들이 그 험한 물질을 하느냐고 옆에서 다들 수군거렸주. 육지 여자들은 맹 바당 조끄티 살아도 뱃일 보조로 거들기나 하지 물질은 안 허난(육지 여자들은 아무리 바다 가까이에 살아도 뱃일 보조로 거들기나 하지 물질은 안 하니까)."

여객선에서 아이를 낳고, 오빠는 말 타고 마중 오고

이곳 해녀들은 대부분 구좌 김녕 출신들이었다. 그 지역 출신들이 처음 통영으로 물질을 왔고, 그들 중 일부가 정착해서 고향의 후배들을 불러들이다 보니 그리된 것이다. 저마다 사연이 굽이굽이, 구절양장이었만 그중에서도 강을생 해녀(가명, 62세)의 사연이 가장 드라마틱했다.

그녀는 본디 바닷가 마을이 아닌 제주 중산간 수망리 출신이었다. 그러나 아랫마을에 사는 출가 해녀가 고향에 다니러 온 길에 들려준 말이 너무나도 부러웠다. 육지로 나가서 물질하면 돈을 많이 벌 수 있고 그 돈으로 화장품과 좋은 옷도 살 수 있다는 말에 귀가 솔깃했다. 물질을 본격적으로 배운 적은 없지만 어릴 적 아랫마을 해안가로 놀러가서 헤엄을 친 적은 많았기에 그까짓 것 못하랴 싶었다. 부모에게는 거짓말로 둘러대고 한밤중에 고향집을 빠져나왔다. 약속한 장소에서 그 해녀를 만나 제주항에서 배 타고 버스 타고, 꼬박 이틀 걸려서 도착한 곳이 바로 이곳 통영이었다.

"첫날 들통이 났죠. 물건을 하나도 못 잡았으니까. 눈치챈 선주에게 쫓겨날 뻔했는데 나를 데려온 언니가 통사정을 했지요. 자기가 사흘 안에 이 아이에게 물질을 제대로 가르칠 테니 한 번만 봐달라고요. 부모에게 거짓말을 하고 가출했으니 고향으로 돌아갈 수도 없고 이를 악물고 배웠죠. 사흘 만에 제대로 잠수를 하게 됐고, 그날 이후 지금까지 물질하는 해녀로 먹고살고 있는 거죠."

한번은 통영 인근 섬들 중에서도 가장 물건이 많이 난다는 욕지도로 출장을 나가게 되었다. 그곳에서 몇 달을 일하던 중 한 동네 총각이 그녀에게 눈독을 들였더란다. 말 한 번 건넨 적도 없고, 손목 한 번 잡지 않았는데, 그 총각이 동네방네에 강을생이 자기 사람이라고 소문을 내는 바람에, 다른 남자들은 그녀 곁에 얼씬도 하지 못했다. 어찌어찌하다가 그 총각과 하룻밤을 보내게 되었고 아이를 갖게 되었다. 총각네 집에서 제주 처녀가 야무지고 일도 잘한다면서 며느리 대접을 하는 바람에, 시나브로 욕지도에 주저앉게 되었더란다.

딸자식 소식을 몰라서 애태우던 고향의 부모는 고향으로 온 출가해녀에게 딸 소식을 전해들었고, 임신 사실을 꿈에도 모른 부모는 당장 돌아올 것을 인편으로 명령했다. 만삭의 그녀는 결혼 허락을 정식으로 받아낼 겸 고향에서 해산도 할 겸 신랑과 함께 고향을 찾기로 결심했다. 고향집에서 야반도주한 지 2년 만에 같은 경로를 되밟아서.

부산과 성산포를 오가는 여객선 도라지호의 뱃길은 열두 시간이 넘는 긴 바닷길이었다. 출렁이는 파도에 충격을 받은 것일까. 한밤중에 극심한 진통이 찾아오더니 출산 예정일보다 일주일 먼저 배 안에서 아이를 출산했다. 딸이었다. 다행히도 동승한 나이든 여자 승객이 산파였던지라 서둘러서 탯줄을 끊어주고 뒷수습을 해주었다.

무선 통신으로 여자 승객의 출산 사실이 성산포항 도라지호 사무실에 전해졌고, 사무실에서는 이 특별한 손님들을 위해 성산읍 일대에 하나밖에 없는 시발택시를 수배해서 항구에 대기시켜놓았다. 한편 해녀의 오빠는 아버지의 명을 받고 수망리에서 조랑말을 타고 성산항까지 누이동생을 마중 나왔더란다.

"우리 부부와 갓난아이는 시발택시를 타고, 오빠는 조랑말로 뒤따르고 난리도 그런 난리가 없었지요. 아버지는 집안 망신이라며 펄펄 뛰었지만, 결국 자식 이기는 부모 없잖아요? 게다가 손녀딸까지 생겼으니, 못 이기는 척 결혼을 허락해주셨어요. 며칠간 친정에서 몸조리하고 욕지도로 돌아왔지요. 그 뒤 물질을 계속하면서 아이 둘을 더 낳았고. 애들이 크면서 교육 문제로 섬을 떠나서 통영으로 나온 거죠."

그때 배 안에서 출생한 여자아이는 어떻게 되었을까? 어릴 적부터

똑똑하고 공부를 잘해서 서울에 있는 대학으로 진학했고, 지금은 경찰 공무원이 되었단다. 60대 초반이라고는 믿기지 않는 예쁘장한 외모의 해녀 아주망은 소녀 같은 미소를 지으며 말했다.

"출가 해녀가 아니고 가출 해녀였던 거죠. 그래도 부부 금슬 좋고 아이들 셋 다 잘 키웠다고 주위에서 부러워들 해요. 해녀 되길 잘했다고 생각해요. 아직까지 현역으로 일하고, 수입도 있고요."

어머니 따라 숨 참던 소년, 황영조

출가 해녀 중 가장 출세한 자식을 둔 어머니는 뭐니뭐니 해도 '몬주익의 영웅' 마라토너 황영조의 어머니다. 황영조의 어머니는 제주 출신으로 삼척시 근덕면 초곡리에 물질을 왔다가 그곳에 정착한 출가 해녀였다. 황영조 선수의 텔레비전 방송 인터뷰에 따르면 고된 물질이 끝나면 곧장 밭으로 내달던 그의 어머니는 미역을 따던 중에 아들을 출산할 만큼 억척스런 해녀였다.

해녀 어머니가 마을 앞 해안에서 물질을 할 때면 어린 황영조는 바위에 걸터앉아 바다에 들어간 어머니를 지켜보았다. 테왁이 있는 곳이

어머니가 일하는 지점이었다. 어머니가 물에 들어가는 순간 자신도 호흡을 멈추었다. 도저히 참을 수 없는 지경에 이르러 숨을 내쉬는데 정작 어머니는 여전히 물속에 있더란다. 어린 아들은 이 광경을 가슴 아프게 지켜보면서 자연스럽게 폐활량을 늘려갔다. 실제로 황영조 선수의 폐활량은 그 누구도 따라갈 수 없었다니 해녀 어머니로부터 물려받은 DNA와 그 시절의 훈련 덕분이 아니었을까.

삼척시에 세워진 황영조 공원에 가면 마라토너 황영조의 집을 조망할 수 있다는 전망대가 있고 망원경이 비치되어 있다. 초곡리 마을의 옹기종기한 집들 사이로 올림픽 오륜기가 꽂힌 그 집, 제주에서 온 해녀가 한시도 쉬지 않고 일을 했다는 바로 그 집이다.

부산 영도에서 오사카 코리아타운까지

영도의 해녀들을 마주친 건 부산 갈맷길을 걷던 중이었다. 6코스 이기대길을 지나는데 해산물을 파는 노점상 아주망과 할망들이 보였다. 말로만 듣던 제주해녀들이 아닌가 싶어 말을 걸었더니 역시 짐작이 맞았다. 이 지역에 물질을 왔다가 시집을 갔고, 긴 세월 이곳에 정착한 출가 해녀들이었다.

그녀들은 내가 제주도에서 왔다는 말에 화들짝 놀라면서 반색했다. "잘도 반갑다이. 겅허난 어디서 완(참 반갑다. 그러니까 어디서 왔니)?" "서귀포요." "난 행원 출신인디, 가본 지 잘도 오래됐저. 제주도가 좋긴 좋주(나는 행원 출신인데, 가본 지 참 오래됐네. 제주도가 좋긴 좋지)." 그녀의 눈에 잠시 물기가 어리는 듯했지만 이내 자신의 본분으로 돌아갔다. "이거 오늘 막 잡은 거라. 잘도 싱싱헌 거난 한 접시 먹어보젠(이거 오늘 막 잡은 거야. 진짜 싱싱한 거니까 한 접시 먹어볼래)?"

청산도 걷기 축제에서도 항구 초입에서 제주해녀들을 만났다. 고무 다라이(대야)를 줄지어 놓고 해산물을 파는 아주망들은 모조리 제주 출신이었다. 한때 백 명 가까이 되었지만 다들 떠난 뒤에도 스무 명 남짓 이 섬에 정착해 살고 있단다. 그녀들을 통해 제주 문화가 이곳까지 전파된 것일까. 청산도에는 제주 돌담을 빼닮은 돌담들이 여기저기 있었다. 그 돌담들 사이를 걸으면서 그녀들이 이곳에서 고향 제주를 얼마나 그리워했을까를 상상했다.

더 먼 곳에서 오랜 세월 제주를 그리워한 출가 해녀들도 만났다. 2013년 가을 일본 오사카 이쿠노구 코리아타운에서였다. 한류 열풍으로 입구에는 화장품 가게와 기념품 가게들이 들어섰지만 안으로 깊숙이 들어가니 완전히 한국, 아니 제주에 온 기분이었다. 제주 사람들이 대부분 시장을 점유한 이곳에선 어디서든 제주어가 들렸다. 돌하르방까지 떡하니 시장 한 귀퉁이에 버티고 있었다.

시장 한복판에 김치와 한국식 찬거리를 파는 가게들이 여럿 줄지어 있었다. 한 김치 가게로 들어갔다. 주인 할망은 물을 것도 없이 영락없는 제주 여자 모습 그 자체였다. 할망의 고향은 표선면 가마리란다. 가마리라면 올레 4코스 시작점인 해수욕장을 지나서 만나는 첫 마을이다. 할망은 예전의 올레는 알아도, 올레길은 모르고 있었다.

일제 강점기 때 미군의 공습으로 남편을 잃고 먹고살 방도가 없어서 두 차례의 밀항 시도 끝에 오사카에 정착했고, 마흔 살이 될 때까지 해녀를 하다가 김치 가게를 내었더란다. 할망이 쓰는 제주어는 어찌나 고전적이고 '아래 아' 발음이 또렷한지 제주 출신인 나도 얼른 알아듣기 힘들 정도였다. 주변 가게 주인이나 점원들도 대부분 표선면, 구좌면 쪽에서 온 제주 여자들이라는 게 할망의 설명이었다.

가마리 할망은 고향에서 온 내게 무언가 펴주지 못해서 안달을 했다. 김치 두어 포기를 비닐봉지에 싸주길래 내일 한국으로 돌아가야 하니 고맙지만 놔두시라고 정중히 사양했다. 그러나 그녀는 완강했다.

"일본 음식 여러 날 먹으면 물려. 달달하고 짜고. 한국 사람은 매운 거 먹어사주. 밥에 얹어먹든지 컵라면에 먹든지."

내가 만난 출가 해녀들은 모두 통영에서, 청산도에서, 오사카에서 살면서도 여전히 한라산을 그리워하고 제주 바당을 못 잊어 했다. 파독 광부와 간호사들이 오매불망 조국을 그리워했듯.

아마상은
어디서 흘러왔을까

한국과 일본은 예전부터 교류도 활발하고 경쟁도 치열한, 가깝고도 먼 이웃이다. 해녀 문제만 해도 그러하다. 세계적으로 유례없는 해녀 문화가 존재하는 두 나라는 관련 학자와 해녀들이 참가하는 공동 심포지엄을 몇 해 전부터 열고 있다. 제주도에서 열리는 해녀 축제에 일본해녀들이, 일본해녀 마쓰리(축제)에 제주해녀들이 초청되기도 한다. 하지만 서로가 해녀 원조임을 자임하면서 세계유네스코 문화유산 등재에 나란히 도전하고 있다.

원조 논쟁과는 별개로 제주해녀가 일본해녀보다 기량이 뛰어났다는 것만큼은 일본 학자들도 인정한다. 일본 강점기에 한국으로 처음 진출한 일본해녀들도 제주해녀들의 뛰어난 물질 솜씨에 혀를 내둘렀고, 일본 학자 이즈메 세이치의 『제주도』라는 책에도 이런 사실이 기록되어 있다.

이 섬의 잠녀는 잠수하는 깊이에 있어서나, 날씨나 계절에 대한 강함에 있어서나 일본해녀들보다 훨씬 뛰어나다고 한다. 그래서 이전에 한국 연안에서 작업하던 이세(일본 미에 현 지방의 옛 이름) 해녀가 맞서지 못해 물러났고, 육지는 말할 것도 없고 쓰시마를 비롯 일본 각지, 나아가서는 만주에까지 진출했다.

–『제주도』 제1부 제주도민족지 139쪽

그러나 전문 학자나 행정관료가 아닌 나의 관심사는 한일 해녀들의 원조 논쟁도, 기량 문제도 아니었다. 무엇이 국경을 달리하는 그네들을 바다로 뛰어들게 했을까, 국경을 뛰어넘는 그네들 공통점은 무엇일까, 하는 점이었다. 기회가 있다면 일본을 찾아 일본의 아마상(해녀)들을 직접 만나보고 싶었다.

무나가타 마을에서 만난 해녀와 해남들

그러던 중에 일본에서도 해녀 마을로 이름난 무나가타 시(후쿠오카 현)가 규슈올레길 후보지로 신청을 했다. 아쉽게도 무나가타 시는 해안가에 아스팔트 포장도로가 너무 많아서 최종심에서 탈락하고 말았다.

다른 코스를 개장하기 위해 규슈 지역을 방문한 길에 개인적인 호기심에 무나가타 시를 일부러 둘러보기로 했다.

무나가타 해안의 풍광은 아름다웠으나 길에 인공적인 요소가 너무 많아서 올레길로 선정되기에는 2퍼센트 부족했다. 후쿠오카 시내에서 가까운데다 인근 섬 지방으로 나아가는 허브 역할을 하는 곳이어서 근대화가 그만큼 빨리 진행된 탓이다. 안타까움을 뒤로하고 통역을 맡은 재일교포 혼조상과 항구 근처 마을회관으로 발길을 옮겼다.

마을회관은 우리나라 70년대의 새마을회관처럼 소박하고 초라했다. 그곳 회의실에는 여자 두 명과 남자 한 명이 기다리고 있었다. 60대 중반 해녀와 50대 초반 해녀, 그리고 50대 중반의 남자였다.

그런데 60대 해녀와 인사하면서 깜짝 놀라 소리를 지를 뻔했다. 검게 그을린 피부, 다부진 체격, 무엇보다도 내가 아는 대평리의 해녀 아주망과 자매처럼 똑같이 생겼기 때문이었다. 혹시 제주도에 친척이 있느냐고 물었더니 고개를 젓는다. 조상 대대로 일본인이란다. 일본 다른 지방에서 열린 해녀 심포지엄에서 제주해녀를 만난 것이 전부고 한국은 가본 적도 없단다. 언제고 제주를 방문하면 당신의 자매를 소개해드리겠다니 그녀도 만나고 싶다고 했다.

50대 두 남녀는 남매지간으로 집안 대대로 5대째 바다와 인연을 맺어온 해녀와 해남이었다. 제주에서는 이미 사라진 해남이 일본에는 아직 있다는 걸 알고 있었지만, 해남을 만나기는 처음이었다. 일본해녀들의 작업 방식은 제주해녀와 다를 바가 없었다. 테왁에 의지하는 것도 공기통을 사용하지 않고 자신의 호흡만으로 작업을 하는 것도 똑같았다.

다른 점이 있다면 해녀들이 사라지는 속도의 차이였다. 제주해녀들은 점차 고령화되고 숫자가 줄어들어 이러다가는 2~30년 안에 아예 해녀 문화가 사라지는 게 아니냐는 걱정을 낳고 있다. 그러나 무나가타는 이미 심각한 상황에 처해 있었다. 한때 해녀 마을로 명성이 높았던 이 마을에 현업 해녀는 5명뿐이었다. 일본은 젊고 예쁜 아마상을 소재로 한 텔레비전 드라마나 대대적인 마쓰리로 분위기는 띄우고 있지만, 현실은 정반대였다.

우리 조상은 제주에서 왔을 거예요

한 시간쯤 이야기를 나누었을까. 그들의 이야기를 얼추 들었으니 이번에는 내 차례다. 제주의 해녀에 대해 이야기를 시작하는데 50대 해녀가 폭탄 발언을 내놓았다. “우리 조상님은 제주도에서 왔다고 저희는 믿고 있어요.” 오빠인 해남도 강한 긍정의 표시로 고개를 주억거린다.

이게 웬일? 우리가 주장해도 부인할 일인데 그들이 자처해서 제주도 후손이라니? 5대째 해녀 해남 집안에서? 내가 어안이 벙벙한 표정으로 바라보자 이번에는 해남이 말을 이었다. "우리 지역에서는 매년 해녀 여신을 모시는 마쓰리가 열리는데 그때 부르는 노래가 있어요. 어디선가 한 여자가 흘러들어왔다는 내용이지요. 우리는 그 여자가 제주도에서 왔고, 저희가 그 여자의 자손이라고 생각하고 있습니다."

동석했던 시청 공무원이 지역지誌에 그 노래 가사가 실려 있다면서 서가를 뒤지더니 두툼한 책을 꺼내왔다. 책을 한참 뒤적이더니 해남이 말한 그 민요가 채록된 페이지를 찾아냈다. 혼조상에게 즉석 번역을 부탁했다. "파도를 타고, 파도를 타고 한 여자가 흘러왔네"라는 구절이 실제로 있었다. 심장이 쿵쾅거렸다.

내 고향 제주와 해녀 마을이 있는 규슈는 제 나라 육지인 한반도와 혼슈보다 더 가까운 곳이다. 해류의 흐름에 따라서 얼마든지 표류하거나 이동할 수 있는 거리인 것이다. 1971년 서귀포 앞바다에서 일어난 대형 여객선 참사로 300명 넘는 승객들이 바다에 수장된 '남영호' 사건 때에도 실종된 유해가 일본까지 떠내려간 경우가 있었다.

이런 물리적 거리 때문이었을까? 대평리 해녀 아주망과 도플갱어처럼 닮은 60대 해녀와, 자신들을 제주 후손으로 굳게 믿는 해녀 해남 남매가 무척 가깝게 느껴졌다. 누가 잘나고 누가 먼저랄 것도 없는, 자기 땅 한 뙈기 없고 가진 것이라고는 바다밖에 없는, 고단하고 정직한 물질을 통해 비슷한 표정을 갖게 된 이웃사촌 같은 존재들!

혼조상! 시골인심은 다 그래

아오모리 현 바닷가에서도 해남을 우연히 만나는 행운을 누렸다. 우리나라에서는 '아오모리 사과'로 잘 알려진 아오모리 현 공무원들이 제주도로 올레길 견학을 오더니 두어 달 만에 제주올레 관계자들을 정식 초청했다. 자기네 길을 보여주고 조언을 구하고 싶다는 것이었다. 길도 길이려니와 그곳에도 해녀 해남이 있다길래 구미가 당겼다.

아오모리 현이 자랑하는 '백리 바닷길'을 걸었다. 원체 아름다운 서귀포 해안 근처에서 나고 자란 터여서 웬만한 바다 풍광에는 콧방귀를 뀌는 편이지만 백리 바닷길의 풍광은 탄성이 절로 나오는 절경이었다. 올레길 3코스 신천리 바다목장처럼 온통 푸르른 초지를 배경으로 푸른 바다가 아스라이 펼쳐져 있었다. 방목중인 말들이 한가로이 풀을 뜯는 광경도 제주와 흡사했다.

이곳 해안을 조금 더 걷고 싶었다. 동행한 아오모리 현 공무원들은 무척 기뻐하면서 기꺼이 길 안내에 나섰다. 십여 분쯤 걸었을까. 아담한 포구 마을이 나타났다. 그래 바로 이거다! 일본 100대 명소라는 해안도 충분히 아름다웠지만 역시 가슴 깊이 여운을 남기는 건 사람 사는 풍경이다.

포구에 한 무리의 남자들이 보였다. 개중에는 고무옷을 막 갈아입는 이들도 있었다. 앗, 해남일지도 모른다. 호기심이 일어서 가까이 다가갔다. 아니나 다를까 그들은 한참 제철인 성게 작업을 막 끝낸 이 동네 해남들이었다.

해남들은 요즘 들어 가장 많이 잡은 날이라며 함박웃음을 지었다. 이 동네에는 해녀는 없고 해남만 있다길래 아쉬운 표정으로 돌아서는데, 그중 한 남자가 우리를 불러세웠다. 맛이나 좀 보라면서 비닐봉지에 성게를 그득 담아주었다. 동행한 혼조상이 더 놀라워했다. 일본에서는 보기 드문 일이라면서. 그래서 대뜸 받아쳤다. "혼조상! 본래 시골 인심은 다 그래."

그날 저녁, 그 지역에서 가장 고급스런 산장 호텔로 돌아와 풀코스 저녁식사를 준비하는 레스토랑 주방장에게 성게에 얽힌 사연을 설명하며 손질해줄 수 있냐고 물었다. 주방장은 그런 재료를 다루게 되어 영광이라면서 선뜻 응했다. 해남들이 건네준 성게는 아무런 조리 없이 재료 자체만으로 그날의 최고 요리로 등극했다.

제주 프린스의 '해녀 판타지'

제주해녀는 긴 세월에 걸쳐 국내외의 많은 예술가들에게 영감을 선사해온 '뮤즈'이기도 하다. 조선시대 때 귀양 온 선비나 파견 관리들부터 최근 제주를 방문한 서양 작가에 이르기까지. 그들은 장르를 넘나들면서 해녀들의 애환에 공감하고, 아픔을 위무하고, 해녀의 강인함을 찬미했다. 작가 현기영의 소설, 조각가 이승수의 해녀상, 프랑스 작가 르 클레지오의 에세이 등에서 해녀들은 새롭게 의미를 부여받고 재해석되었다.

작곡가이자 연주자인 양방언도 그중 한 명이다. 양방언의 명성을 들은 건 오래전부터였다. 재일동포 2세로 니혼대 의대를 나와 수련의를 하다가 음악가로 변신한, 클래식과 록과 팝을 두루 섭렵하는 크로스오버 음악가. 그의 아버지는 일본에 살면서도 오매불망 고향인 협재의 바다를 그리워했고 술만 마시면 어린 아들 방언을 무릎 위에 앉히고 그 바다가 얼마나 아름다운지를 되풀이해서 말하곤 했다. 의사가 되기를 바라는 아버지의 뜻을 끝내 거역하고 음악가가 된 양방언은 아버지의 고향 제주를 위해 '프린스 오브 제주(제주의 왕자)'라는 곡을 헌정했다.

2014년 8월 23일 오후 돌문화공원은 찬란한 한여름 햇살 덕분에 거무죽죽한 현무암조차 화사한 빛을 발했다. 공연장인 주 무대 근처 잔디밭에는 청중들이 꽉 들어차 있었다. 제주 도립오케스트라, 제주 도립합창단, 양방언과 늘 함께하는 일본의 연주 그룹, 한국의 타악기 팀이 차례로 무대에 등장했다. 마지막으로 무대에 오른 양방언은 귀티가 줄줄 흐르는 귀공자 인상이었다. 그는 연미복 대신 청바지에 조끼 차림으로 피아노 앞에 앉았다.

곡이 한 곡 한 곡 연주될 때마다 관중석의 열기는 높아져갔고 뜨거운 박수가 쏟아졌지만, 역시 이날의 압권은 초연되는 '해녀 환상곡'이었다. 무대 뒤편 스크린에 펼쳐지는 흑백의 해녀 사진과 푸르른 제주 바당을 배경으로 양방언이 운을 떼었다.

"지난해 제주 판타지아 공연이 끝난 뒤 해녀박물관에서 찾아와 해녀에 대한 곡도 작곡해줄 수 있겠느냐고 부탁했습니다. 아버님께 제주해녀들에 대한 얘기는 귀에 딱지가 앉도록 들었습니다. 하도리 해녀들을 두어 차례 만난 끝에 작곡을 결심하게 되었습니다. 오늘 초연이라서 떨리지만 잘 들어주시기를 바랍니다."

교향악은 제주 바다의 아름다움과 풍요로움을, 비정함과 거침을, 수확의 즐거움과 고단함을 때로는 격정적으로 때로는 잔잔하게 풀어냈다. 양방언은 온몸을 건반 위에 던지면서 그 느낌을 표현하려고 애썼다. 교향악이 마지막 절정으로 치달을 무렵 '해녀의 노래' 부분이 등장했다. 노령에도 고운 자태로 한복을 단아하게 차려입은 안숙선 명창과 제주 도립합창단이 번갈아 노래했다. 오름과 돌, 해녀가 하나로 어우러진 무대는 그 자체로 감동을 선사했다.

국립극장 무대에 선 하도리 해녀 아주망들

그로부터 두어 달 뒤인 10월 서울 장충동 국립극장에서 '프론티어 2014' 공연이 열렸다. 제주의 공연이 돌문화공원이라는 아름다운 자연의 힘을 빌린 무대라면, 서울 공연은 웅장한 무대와 세련된 음향과 조명이 뒷받침하는 무대였다. 여러 장르를 넘나드는 양방언의 곡들이 연주되면서 점점 분위기가 고조된 가운데 '해녀 환상곡' 연주가 비로소 시

해녀노래

작되었다.

12인조 현악 오케스트라가 맨 앞줄에, 기타와 세션맨들이 둘째 줄에, 합창단이 셋째 줄에 도열한 가운데, 어두웠던 조명이 갑자기 밝아지면서 맨 윗줄 중앙 무대에 여신처럼 우뚝 솟아오른 여자들을 비추기 시작했다. 전통 복장인 소중이 차림으로 테왁과 망사리를 어깨에 둘러멘 해녀 아주망 할망들! 먼발치에서도 나는 알 수 있었다. 그녀들이 스포트라이트가 비추는 이 화려한 무대에서 얼마나 긴장하고 있는지를. 지켜보는 나도 마른침이 꼴깍 넘어갔다.

반주가 끝나고 '해녀의 노래'가 울려퍼졌다. "나는 해녀, 바다의 딸." 아마추어인 제주해녀들은 도입부부터 박자와 음정이 불안했지만 '딸' 만큼은 매우 또렷하고 선명하게 발음했다. 그들은 4절의 해녀가를 부르는 동안 거의 한 번도 박자를 맞추지 못했을 뿐만 아니라, 팔을 양쪽으로 흔드는 간단한 안무조차 번번이 틀렸다. 노래가 다 끝나갈 무렵에야 일곱 명의 동작이 겨우 맞춰지길래 나도 모르게 휴, 한숨을 내쉬었다. 그런데 다음날 만난 양방언은 뜻밖의 이야기를 전해주었다.

"연주회 끝난 뒤에 팬 사인회를 하면서 어느 곡 어느 공연이 가장 좋았냐고 물어봤어요. 놀랍게도 70퍼센트 넘는 분들이 해녀 공연이 제일 좋았다고 대답해요. 너무 감동적이었다고요."

정말? 박자도 음정도 하나도 안 맞고 간단한 안무조차 동작이 틀렸던 그녀들이 수많은 프로 음악인들의 공연을 뛰어넘는 가장 감동적인 공연이었다고? 생각해보니 그럴 만도 했다. 바다의 딸로서 수십 년 동안 이승과 저승을 넘나들면서 겪어온 자신들의 삶을 스스로의 목청으로 노래했으니 말이다. 초청된 해녀들이 누구인지 궁금했다.

"해녀박물관의 요청을 받고 하도리 해녀들을 직접 만나게 해달라고 했어요. 느낌이 절실해야 곡을 만드니까. 만나보고 너무 놀랐어요. 해녀 하면 너무 힘들고 어려운 일을 하니까 우울하거나 지쳐 있을 줄 알았는데 정반대예요. 좋아하는 노래를 불러달라니까 한 아주머니가 손을 번쩍 들고 노래를 불러요. 그러자 다른 분이 내가 더 잘한다고 나서고. 소풍 나온 소녀들처럼 해맑게 말이죠. 또 얼마나 똑똑하신지 가르치면 금세 따라하세요. 물론 금세 또 잊어버리기도 하시지만."

'해녀의 노래'를 작곡한 배경도 들려주었다. 일제시대 해녀항쟁 때 불린 '해녀의 노래'를 들어보니 일본인이 작곡한 '동경 행진곡'에 가사만 붙인 것이었다. 제주해녀에 일본 곡은 아니다 싶어서, 자기가 새로이 곡을 쓰기로 마음먹었다. 곡을 새로 쓰는 김에 가사도 현기영 선생에게 새로 부탁드렸다고 했다. 제주의 아들, 현기영 선생에게서는 가슴 저릿한 가사가 쏟아져나왔다.

이번 서울 공연에 꼭 하도리 해녀들을 모시고 싶어서 그중 세 명만 초청했더니, 해녀분들이 스스로 경비를 더 부담해서 일곱 명이 올라왔단다. 해녀 삼촌들은 대기실에서 밝고 명랑한 분위기로 다른 공연자들까지 즐겁게 했다. 하지만 많은 관중을 앞에 두고 큰 무대에 처음 서는 긴장감을 이기지 못했던지 해녀들이 머물렀던 자리에는 우황청심환 껍질이 수북이 쌓여 있었더란다.

가슴 절절하게 터져나오는 '해녀의 노래'는 제주 출신 아버지를 둔 양방언이 고향의 해녀 삼촌들에게 바치는 헌정가요이자, 아버지에게 바치는 또 하나의 사부곡인지도 모른다.

해녀의 노래

나는 해녀 바당의 딸
만경창파 이 한 몸
바당에 내던졍
바당밧듸 농사짓젠
열길 물속을 드나들엄쪄

우리집 대들보 나는 해녀
가슴엔 테왁 손에는 메역 호미
밀물과 썰물 해녀 인생
어서 가자 이어싸
물때가 뒈엇쪄

개인사와 역사를 어느 정도 알고 나니, 해녀들의 일상이 예사롭게 보이지 않았다. 그들의 삶, 그 자체가 하나의 거대한 향토사요, 문화로 비쳐졌다. 그녀들이 어떻게 호흡하는지, 계급은 어떻게 결정되는지, 의사 결정은 어떻게 하는지, 어떻게 공동체를 운영하고 유지하는지, 바당밭을 어떻게 가꾸는지, 심지어는 무엇을 먹고사는지가 다 궁금했다. 모처럼 기자 근성이 내 안에서 똬리를 틀었고, 그리하여 만날 때마다 해녀 삼촌들을 괴롭혔다. 살살 웃어가면서 물었고, 삼촌들은 퉁명스러운 어조로 자신들의 일상을 조금씩 내비쳤다.

그녀들이 들려준 이야기를 조각보 깁듯이 조금씩 짜맞추어 들려주려고 한다.

제3부

고수들의 신세계

숨,
해녀들의 생명선

숨, 해녀들에게는 생명줄이다. 한 숨에 목숨이 들고 나기 때문이다. 해녀도 아니고, 해녀되기는 언감생심 꿈도 못 꾸었지만, 숨의 중요성만큼은 너무나도 잘 안다. 두 번의 쓰라린 경험 덕분이다.

첫 번째 경험은 초등학교 4학년 때였다. 워낙 운동신경이 없었던 지라 수영에도 영 서툴렀다. 하지만 바다가 무작정 좋았다. 여름이면 올레 6코스 근처 자구리 해안에서 살다시피 했다. 세숫대야에 갈아입을 팬티와 참외 따위를 넣고 수건으로 덮어서 옆구리에 끼고 집에서 이십여 분 떨어진 자구리로 향했다. 친구들은 고학년으로 올라가면서 자맥질을 시도해 가끔 소라나 돌멩게를 따곤 했지만, 나는 허리 높이의 낮은 물가에서 개헤엄이 고작이었다. 물 밖으로 고개를 잔뜩 쳐들고 발장구를 치는 것만으로도 충분히 행복했다. 간혹 운이 좋은 날이면 시커먼

튜브를 얻어 타기도 했다.

그러던 어느 날 한 친구의 꼬드김에 넘어가 중문해수욕장으로 진출해보기로 했다. 물론 어머니에게는 친구네 집에 공부하러 간다고 속이고 용돈을 타냈다. 난생처음 시외버스를 타고 가는 기분은 마치 외국 여행을 나선 듯했다. 지금은 올레 8코스의 명소인 중문해수욕장은 서귀포에서 나고 자란 계집아이에게는 이국적이기 이를 데 없었다. 푸른 바다를 배경으로 펼쳐진 하얗고 부드러운 모래사장은 발에 닿으면 콕콕 찌르는 거무죽죽한 현무암 해안과는 천양지차, 처음 보는 신세계였다.

늘 그렇듯 얕아 보이는 해수욕장 입구의 바닷물에 들어가서 수영을 시작했다. 얼마쯤 지났을까. 갑자기 발밑이 쑥 꺼지는 느낌이 들었다. 고개를 한껏 내밀었는데도 발이 모래밭에 닿지 않았다. 얼굴이 물속으로 처박혔고 물을 먹기 시작했다. 어푸푸푸, 발버둥을 치면 칠수록 숨이 더 막혀왔다. 이렇게 해서 죽는구나, 어머니를 속인 벌을 이렇게 받는구나, 어린 마음에도 자책과 통한이 밀려왔다.

누군가가 내 팔을 붙잡는 것 같았다. 눈을 떠보니 나는 모래사장에 누워 있었고, 친구의 걱정스러운 눈길이 흐릿하게 들어왔다. 근처에서 헤엄치던 동네 청년이 나를 구했다고 했다. 살았구나 하는 안도감과 함께 미칠 듯 허기가 느껴졌다. 남겨놓은 버스비를 헐어 해수욕장에서 파는 어묵을 사먹었다. 퉁명스러워 보이는 남자 버스 차장에게 돈을 잃어버렸노라고 통사정을 했더니, 불쌍하다면서 그냥 태워주었다. 공포감이 다시 밀려든 건 정작 버스 뒷자리에 앉고 난 뒤부터였다. 입안으로 꿀컥 짜디짠 바닷물이 밀려들고 발은 바닥에 닿지 않고 숨을 더 이상 쉴 수 없는, 그 순간이 생생하게 되살아났다. 조금만 더 지나면 물속에 가라앉거나 숨이 끊어지거나, 둘 중 하나인 그 아찔한.

아득한 17미터

그때의 트라우마가 워낙 강했던 걸까. 서울에 올라와 수영장에서 수영을 할 때에도 나는 늘 아이들 높이에서만 맴돌았다. 제주 여자가 왜 그리 물을 무서워하느냐고 주변에서 놀렸지만 죽음의 문턱까지 가봤던지라 체면보다는 목숨이 중요했다.

다시 무모한 도전을 하게 된 건 그로부터 40년이 훌쩍 지난 2009년 겨울의 일이었다. 당시 나는 제주올레에 대한 책『놀멍 쉬멍 걸으멍, 제주올레여행』을 쓰고 난 뒤 심신이 지쳐 있는데다 겨울 추위를 워낙 못 견디는 체질이어서 더더욱 힘들었다. 때마침 '따뜻한 남쪽 나라'인 필리핀에 다녀올 기회가 생겼다.

마닐라 공항에서 국내선을 타고 한 시간 비행 끝에 섬에 조그마한 섬에 당도했다. 우리나라 관광객들에게 유명한 세부와 마주보는 곳이었지만, 별로 알려지지 않은 관광지라서 공항은 한산하기 이를 데 없었다. 우리나라 중소도시의 공항보다도 더 작았고 하루에 두어 번 국내선 비행기가 내리는 눈치였다.

긴 여정 끝에 당도한 리조트는 더 한심했다. 풀빌라에 럭셔리한 스위트룸을 기대한 건 아니었지만, 상상 초월이었다. 자그마한 현지 분위기의 건물 두 동에 객실에 비치된 비품이라고는 대나무로 엮은 침대와 햇빛을 가리는 휘장이 전부였다. 컴퓨터는 물론 텔레비전조차 없었다. 대신 있다면 온종일 내리쬐는 태양과 끊임없이 울어대는 지긋지긋한 매미 소리였다. 다행히도 마당에는 자그마한 수영장이 있었다. 불행히도 내 키를 훌쩍 넘는 깊이였다. 중문의 트라우마를 간직한 내게 그곳 수영장은 '그림의 떡'이었다.

하루 이틀 사흘이 흘렀다. 비수기 아니랄까봐 손님은 달랑 나와 한국에서 온 부부뿐. 갖고 온 책도 다 읽어버렸고, 동네는 두어 번 산책만으로도 내 얼굴을 알아보고 인사를 건넬 정도로 작은 어촌 마을이었다. 겨울이면 '태양이 그립다'고 노래를 부르곤 했지만 그 섬의 햇살은 살인적이었고 늦은 저녁까지 식을 줄을 몰랐다.

풀장에 들어가? 말아? 갈등을 때리던 중에 리조트 주인장이 나를 꼬드겼다. 이 지역은 스킨 스쿠버의 명소다, 마침 스킨 스쿠버 강사 자격증을 갖고 있는 내 딸이 내일부터 휴가차 내려오니 그 아이에게 스킨 스쿠버를 좀 배워보는 게 어떠냐고 말이다. 바닷가에서 나고 자라면서도 잠수 한 번 안 해본 처지에 필리핀 바닷속에서 스킨 스쿠버라니! 처음에는 고개를 저었지만, 나중에는 슬슬 구미가 당겼다. 어차피 더 이상 할 일도 없고 이 리조트 유일한 레저 시설이 수영장이지 않은가. 게다가 이 지역 바닷속이 그렇게 아름답다고, 더욱이 젊은 여자가 가르쳐준다 하지 않는가. 바닷속을 들여다보면 올레길의 해녀 삼촌들을 좀더 이해할 수 있지 않을까. 망설일 이유보다는 배울 이유가 훨씬 많았다. 그리고 무엇보다도 너무나도 무더운 날씨가 이어졌다.

결국 리조트 주인 딸로부터 몸에 공기통을 부착하고 허리에 무거운 납 벨트를 두르고 이 사이로 호흡기를 물고 들숨 날숨을 내뱉는 법을 배웠다. 3일 만에 이론과 실기 교육을 끝내고 선생과 함께 가까운 바닷가로 실습을 나갔다. 코발트빛 모래해안은 영화 속 촬영지처럼 아름답고 한적했다. 전세 낸 배 안에는 다른 게스트하우스에서 온 몇 사람이 동승했다. 선생이 나의 바디(짝꿍) 노릇을 해주기로 하고, 물속으로 들어갔다.

아, 육지의 길만 알던 내게 물속의 길은 또 다른 신세계였다. 더 아름다웠고 더 풍요로웠고 더 신비스러웠다. 꼴사나운 건축물도 아스팔트 도로도 시끄러운 자동차 소음도 들리지 않는 평화로운 곳. 선분홍 산호초가 물속에서 삼바춤을 추듯 흔들리는 사이를 노랑, 빨강, 파랑 줄무늬를 한 물고기떼들이 요리조리 흘러다녔다. 바닷속 모든 생명들이 조용한 가운데서도 분주했다. 나와 눈이 마주칠 정도로 가까운 곳에서 느릿느릿 흘러다니는 거북은 물속에서도 고요히 명상에 잠긴 듯했다. 이래서 스킨 스쿠버들이 바다에 빠져드는구나, 해녀 삼촌들이 고된 물질에도 시름을 잊기도 하는구나, 절로 고개가 끄덕여졌다.

바디는 자꾸만 밑으로 내려갔다. 나도 따라서 내려가는 수밖에 없었다. 바다는 다채로운 무지갯빛에서 점점 무채색으로 바뀌어갔고, 급기야는 낭떠러지 같은 절벽이 나타났다. 큰 아가리를 잔뜩 벌린 채 나를 집어삼킬 듯이 기다리는 심연을 보았다. 호흡기에 부착된 계기판을 봤더니, 숫자는 17을 가리키고 있었다. 내 키는 겨우 155센티미터. 내 키의 열 배가 넘는 깊이라고 생각하니 순간 아득해졌다. 여기서 무슨 일이라도 생긴다면……. 상상만으로도 숨이 멎을 것 같았다.

더는 아무 상상도 하지 않기로 하고 손가락을 치켜들고 바디에게 위로 올라가자는 사인을 보냈다. 마음 같아서는 혼자서라도 확 위로 솟구쳐오르고 싶었지만, 절대로 그래서는 안 된다는 걸, 감압을 하면서 서서히 올라가지 않으면 저산소증으로 죽을 수도 있다는 걸 사흘간의 교육에서 귀에 딱지가 앉도록 들었기에 애써 참았다.

물 위에 올라온 뒤 뱃전에 축 늘어져서 본 하늘은 얼마나 평화롭던지. 흔들리는 뱃전은 또 얼마나 아늑하던지. 제아무리 아름다운 용궁인들 다시는 물속으로 들어갈 수가 없었다. 필리핀의 바다에서 머나먼 고향의 해녀 삼촌들에게 마음에서 우러나오는 존경을 바쳤다.

돌아가면 꼭 상세히 물어보리라. 삼촌들은 공기통도 호흡기도 없이 오로지 자신의 들숨과 날숨만으로 어떻게 그 긴 시간 바다에서 견디시냐고. 그 아름다운 바다가 진정 공포스러웠던 적은 없으신가, 하고.

가슴으로 쉬는 숨

숨을 쉬어야 사람은 산다. 그러나 숨을 쉬면 안 되는 직업군이 있다. 다름 아닌 해녀들이다. 스킨 스쿠버들과는 달리 공기통이나 호흡기 등 기계의 도움 없이 오로지 자기 호흡만으로 물질하는 해녀들에게 '숨'은 곧 목숨이다. 행여 깊은 바닷속에서 숨을 참지 못하고 '물숨'을 쉬면 자칫 죽음으로 이어질 가능성이 높아진다. '물숨'은 해녀들에게는 금기어나 다름없다.

사람마다 폐활량에 따라 숨을 참을 수 있는 시간이 다르기에, 숨길이는 곧 해녀의 기량으로 받아들여지고 어획물의 차이로 이어진다. 해녀를 하군, 중군, 상군, 대상군으로 엄격하게 가르는 기준이 바로 '숨'에 달려 있다고 해도 과언이 아니다. 숨이 길어야 깊은 바닷속에 들어갈 수 있고, 그 기량에 따라 그녀들의 바다가 정해진다.

상군 해녀들은 숨이 길기 때문에 바닷속 깊은 곳까지, 때로는 10

미터가 넘는 곳까지 들어간다. 중군, 하군이 감히 넘볼 수 없는 곳까지. 깊은 바닷속에는 귀한 전복을 비롯해 물건이 많고 품질도 좋기 때문에, 숨의 차이는 수입의 차이로 이어질 수밖에 없다(물론 눈썰미 좋고 야무진 중군 해녀들이 상군 못지않은 수입을 올리는 경우도 더러 있긴 하지만). 상군 중에서도 유난히 기량이 탁월한 상군은 주변 동료들 사이에 '대상군'으로 불리고, 정식 계급은 아니지만 처음 물질을 시작한 초짜들은 자신을 스스로 낮추어 '똥군'으로 부르기도 한다.

이 대목에서 누군가는 물을 것이다. 상군, 중군, 하군은 누가 임명하느냐고. 뭐 고시처럼 시험을 보는 것도, 자격 시험이 따로 있는 것도, 시합을 하는 것도 아니다. 그저 경험상 스스로가, 주변에서 다들 인정한다. 든든한 빽도, 집안 연줄도, 얄팍한 요령도 통하지 않는 정직한 자연, 바다를 상대로 하는 직업인지라 절로 정직해질 수밖에 없다. 오래 했다고 상군이 되는 것도 아니고, 초짜라고 상군이 될 수 없는 것도 아니다. 타고난 기량과 노력으로 계급이 정해지는 사회가 해녀 사회다.

중군, 하군이 상군의 바다에 가서도, 거꾸로 상군이 중군, 하군의 바다에 들어가서도 안 되는 게 해녀들의 불문율이다. 가끔 상군 해녀가 얕은 바다에 들어갈라치면 중군, 하군 해녀들이 소리를 지른다. "삼춘, 이 바당에 들어오지 맙서." 더한 실력이 있는 사람이니 낮은 바다에서 일하지 말라는 것이다. 막강한 자본력을 가진 대기업이 중소기업, 골목상권까지 위협하는 자본주의 사회에서는 상상키 힘든 공정사회의 룰이다.

나는 무척이나 궁금했다. 그렇다면 중군, 하군이 수확이 좋은 상군의 바다에 들어가기 위해 상군이라고 자처하는 경우는 없을까? 해녀들은 이구동성으로 말했다. "경허민 지가 죽는데 경하느냐(그랬다가는 자기가 죽는데 그러겠느냐)?" 그렇다. 실력도 없이 욕심을 내면 스스로 파멸한다는 걸 너무나도 잘 아는 해녀들이고, 실력 없이 들어오는 걸 용납하지 않는 바다이기에 너나없이 정직해질 수밖에 없다.

숨을 멈출 수도, 소리를 낼 수도 없을 때

나는 올레길에서 해녀 삼촌들을 만날 때마다 물었다. 숨은 어떻게 참는지, 숨비소리는 어떻게 내는지, 숨과 해산물 사이의 그 숨막히는 긴장과 유혹은 어떻게 이겨내는지, 숨 때문에 죽을 고비를 넘긴 적은 없는지. 가혹한 질문이었지만 해녀의 삶을 제대로 이해하려면 피할 수 없는 질문이었다.

가파도에서 사는 71살 해녀의 대답이 가장 인상적이었다. "물속에선 가슴으로 쉬주게." 가슴으로 숨을 쉰다니? 숨을 참는 것도, 내쉬는

것도 아니고 가슴으로 쉰다니? 그녀는 말을 이어나갔다. "물에 들어갈 때 쉬는 숨이 있고, 물건을 잡을 때 쉬는 숨이 있고, 나올 때 쉬는 숨이 있어요. 한 번 물에 들어가면 15~16번 정도는 숨을 쉽니다. 입으로 내쉬면 물을 먹게 되니까 가슴으로만 쉬지요. 물 밖으로 나와서 진짜 입으로 내쉬는 거지." 가슴으로 키운 아이라는 말은 들어봤어도 가슴으로 쉬는 숨이라는 말은 처음이었다. 그 경지를 차마 다 헤아릴 수는 없지만, 어렴풋이 이해할 것도 같았다.

25년 동안 가파른 도시 서울의, 전쟁터나 다름없는 언론사에서 일하면서 회사에서 숨이 막힐 듯한 상사를 만났을 때, 기사가 나간 뒤에 당사자로부터 입에 담지 못할 욕설을 들었을 때, 회사가 부도나 날마다 동료들이 하나둘씩 떠나고 남은 기자들이 더 많은 업무를 떠맡아야 했을 때……. 내놓고 외마디 소리를 지를 수도, 마냥 참을 수만도 없던 그 상황에서 나 역시 가슴으로 숨을 쉰 건 아니었을까. 이 세상에 존재하는 수많은 '을'이 '갑'의 횡포 앞에서 숨을 멈출 수도, 소리를 내지를 수도 없는 순간에 가슴으로 숨을 쉬면서 견디는 건 아닐까.

가슴으로 쉬건, 아예 참건, 숨을 참고 한 번 작업하는 시간은 1분에서 2분 정도. 짧은 것 같지만 직접 해보면 알 것이다. 어마어마하게 긴 시간이라는 걸. 그것도 산소가 충분한 육지가 아닌 깊은 바닷속, 늘 고요하지만은 않은 출렁이는 파도 속에서라면.

그렇게 참았던 숨, 혹은 가슴으로만 쉬던 숨을 그녀들은 물 위로 떠올라 자기의 테왁을 잡고서야 비로소 길게 길게 내쉰다. '호오이 호오이'. 그게 바로 숨비소리다. 혹시 들어봤는가? 바닷가 올레길을 걸어갈 때 먼바다에서 희미하게 들리는 그 소리를?

하지만 제주 최고령 해녀인 고인오 할망은 육지에 올라와 공기와 맞닿는 순간 처음부터 '호오이 호오이' 하지는 않는다고 잘라 말했다. 수면 위로 올라오자마자 '아핫' 하고 참았던 숨을 한 번 크게 터트리고 난 뒤 테왁에 의지하고서야 비로소 '호오이 호오이' 긴 숨을 내쉬면서 참았던 숨을 다 뱉어낸다고 했다. 멀리 있는 사람들에게는 나중에 길게 내쉬는 '호오이 호오이' 소리만 들리기에 사람들이 오해를 한다는 게 그녀의 설명이었다. 실제로 그녀는 '아핫' 하고 내지르는 모습을 실감나게 재연했다. 내가 알아들었다는 표시로 '아핫' 했더니 주위에서 한바탕 웃음바다가 출렁였다.

꼴도 보기 싫은 왕전복

숨길이 길다는 상군 해녀들도 가끔 사고를 당하거나 죽을 고비를 넘긴다. '욕심' 때문이기도, '자기 과신' 때문이기도 하다. 자신을 유혹하는 바닷속 귀한 '물건'과 자신이 참을 수 있는 숨길의 차이를 간혹 프로 중의 프로, 수십 년 물질을 해온 해녀들조차 착각하는 순간이 있다. 생과 사를 가르는 오판誤判!

해녀 김영남(53세)은 해녀의 고장 가파도에서도 손꼽히는 상군 해녀다. 대한민국 수역에서 울둘목 다음으로 해류가 거센 가파도 해저에는 거대한 대륙붕이 있는데 이를 '블루코너'라고 한다. 해조류가 풍부하고 플랑크톤이 많이 서식해서 '물건'이 많지만 워낙 수심도 깊고 파도가 세서 웬만한 해녀들은 다가갈 엄두를 못 낸다. 그녀는 블루코너를 서슴없이 넘나드는 상군이라서 가게 이름도 '블루코너'로 지었다. 그런 그녀조차 숨 하나 차이로 죽을 고비를 넘긴 적이 있었다.

"30대 초반쯤 됐을 때 일이에요. 이 바다 근처에 나만 아는 전복밭이 있거든요. 그날 성게랑 소라랑 잡다가 숨이 다해서 올라오려는데 바위틈에 엄청나게 큰 왕전복이 떡하니 붙어 있는 거예요. 일단 숨을 고르면서 바다 위로 올라왔지요. 숨을 최대한 들이마신 뒤에 서서히 내려가야 하는데 우리를 태우고 온 배가 기다리고 있어서 급한 마음에 서둘러서 목표물을 향해 곧장 내려갔지요. 근데 내려가던 중에 또 다른 전복이 보이는 거예요. 이것부터 따두자 싶어서 캤지요. 그런 뒤에 옆으로 이동해서 미리 봐둔 전복도 마저 땄어요. 하나는 좀망사리에 담고 하나는 손에 들고 위로 올라오는데, 빛이 들어오는 바람에 갑자기 눈이 커지는 거예요. 나도 모르게 입이 벌어지면서 숨을 내쉬고 말았죠. 그러자 몸이 다시 가라앉기 시작하고 목구멍에 물이 꿀꺽꿀꺽 들어와요. 아, 이건 사고다, 죽음이다 생각했지요."

흘낏 올려다보니 아직도 햇빛이 보이지 않는 바닷속. 그 순간 그녀는 발버둥치지 말아야 한다는 것만 떠올렸다. 몸을 가볍게 바다에 맡겨야만 그나마 부력으로 빨리 위로 솟구칠 수 있다는 걸 그녀는 알고 있었다. 숨이 남아 있지 않다는 걸 느낀 순간 발버둥치다가 바다에 가라앉은 해녀가 어디 한둘인가. 그러나 알면서도 인간적 본능으로 발버둥치기 마련이다.

그녀는 본능을 거슬렀다. 눈을 지그시 감고 온몸에 힘을 다 뺐다. 서서히 올라간다는 느낌이 들었다. 얼마나 지났을까. 온 세상이 노랗게 비쳤다. 눈을 다시 감았다가 시간이 흐른 뒤 살며시 떠보니 테왁이 바로 그녀 옆에 있었다.

그날, 배 안에서는 그녀가 잡은 거대한 전복 때문에 일대 소동이 벌어졌다. 그해 잡힌 전복 중 가장 크다면서 동료 해녀들은 한턱 단단히 내라고 성화였지만, 영남씨는 그 전복이 꼴도 보기 싫더란다. 목숨과 바꿀 뻔했다는 생각에.

그날 이후 물건 욕심 많기로 소문이 자자했던 그녀는 '욕심'을 버렸다. 영남씨처럼 생사의 기로를 넘기면서 욕심을 버려야 한다는 걸 깨달은 선배 해녀들은 후배들에게 입버릇처럼 말한다. 욕심 내지 말라고, 물건은 또 만날 수 있지만 목숨은 하나뿐이라고.

어디 바다에서뿐이랴. 세상에는 권력욕, 명예욕, 물욕 때문에 욕심을 부리다가 화를 자초하는 사람들이 많다. 다만 그들은 삶과 죽음의 경계에 서본 해녀들과는 달리, 그 교훈을 제대로 깨닫지 못할 뿐이다.

물때와 바람에 순응하는 자연주의자, 생태주의자들

숨이 물질을 좌우하는 본인의 기량이라면, 물때와 바람은 외부의 조건이다. 아무리 숨이 길고 물질 실력이 뛰어난 대상군이라 할지라도 물때와 바람을 거역해서는 안 된다. 해녀들은 말한다. "사람은 자연을 절대로 이길 수 없다"고. 현대인들은 인간의 뛰어난 기술력으로 자연에 온갖 변형과 간섭을 일삼지만, 해녀들은 철저히 자연에 순응하고 그 뜻을 따른다.

해녀들은 아무리 바닷속에 물건이 많아도, 아무리 급한 돈이 필요해도, 날마다 물질을 하지는 못한다. 물때가 맞아야만 물에 들 수 있다. 밀물과 썰물의 차이가 별로 없는 조금(潮今) 때에는 물질을 할 수 없으므로, 물에 드는 건 한 달에 12~15일. 나머지 기간에는 밭일이나 집안일, 혹은 '해녀의 집' 같은 장사일에 뛰어든다. 투 잡은 기본, 스리 잡까지 해내는 것이다.

작업을 하는 도중에 물때가 바뀌기도 한다. 물이 한번 내치기 시작하면 아무리 헤엄을 쳐도 제자리여서 테왁으로 돌아오기 힘들다. 그럴 때면 대상군, 혹은 상군인 베테랑 해녀가 말한다. "닻 내리라." 물질을 중단하자는 뜻이다. 그 말이 떨어지면 무조건 욕심을 버리고 철수해야 한다.

물때가 맞아도 바람이 갑자기 불면 곤란하다. 바람이 불면 파도가 거세지기 때문이다. 그래서 해녀들은 늘 바람을 두려워하고 바람의 향배에 민감하다. 해녀들이 제주 바닷가 곳곳에 흩어진 굿당에서 기원을 하고, 바람의 신 '영등할망'에게 해마다 제를 드리는 것도 다 이 때문이다. 해녀들이 타고난 생태주의자, 자연주의자가 될 수밖에 없는 이유도 자연이 도와주지 않고서는, 자연을 거슬러서는 이 직업을 유지할 수 없기 때문이다.

바당에 농사 짓는
바다의 철학자

숨을 생각할 때마다 궁금해지는 게 또 있었다. 왜 해녀들은 첨단장비가 일상화된 시대에 공기통이나 호흡기 같은 장비를 쓰지 않는 걸까? 그런 걸 쓴다면 물숨을 쉬다가 죽는 참사도 피할 수 있지 않나? 물 밖으로 나와서 숨비는 시간을 줄이고 일고여덟 시간에 잡을 물건을 두어 시간에 잡을 수도 있지 않나? 짧은 시간, 고효율. 그것은 내가 대도시에서 직장 생활을 하면서 배운 요령이요, 익숙해진 지침이었다.

그러나 해녀들은 그렇게 하지 않았고, 지금도 그렇게 하지 않으며 앞으로도 그렇게 하지 않을 것이다. 해녀들은 내게 말했다.

"정 혼뻰에 확 다 잡아불민 어떵허느냐. 갸네도 새끼도 낳곡 헤엄도 치곡. 경해야 바당도 살곡. 서로 고치 살아사주(그렇게 한번에 확 다 잡아버리면 어떡하니. 걔들도 새끼도 낳고 헤엄도 치고. 그래야 바다도 살고. 서로 함께 살아야지).” 또 다른 해녀는 이렇게 말했다. “기계로 헤엄치당 보민 숨비소리도 어서질 테주. 숨비소리 어신 바당은 적막강산 될 테주(기계로 헤엄치다 보면 숨비소리가 없어지겠지. 숨비소리 없는 바다는 적막강산이 되겠지).”

헐, 인간도 살고 물고기도 살고 바다도 함께 살아야 한다니. 숨비소리 없는 바다는 적막하다니. 이거야말로 상생의 철학이요, 동반성장이요, 극도의 낭만주의다. 이 정도면 해녀들이야말로 바다의 철학자요, 몸으로 실천하는 생태주의 운동가 아닌가. 그러나 무릇 모든 평화 생태 운동이 그러하듯 대가 없이 주어지는 평화, 투쟁 없이 이루는 평화는 없는 법이다. 늘 욕심 많은 이리들이 주변에 득시글대는 게 세상사이니.

실제로 해녀들은 그런 상생과 지속 가능한 바다를 위해서 수많은 적들과 맞서는 전사로 살아왔다. 일제시대에는 최신식 동력과 선진 어로 기술로 해양 자원을 싹쓸이하는 일본의 잠수기선과, 해방 이후에는 한 시간 넘게 수중 잠수를 할 수 있는 공기통과 호흡기를 장착한 채 재미 삼아 혹은 생계형으로 전복과 해삼, 물고기를 잡는 스킨 스쿠버들과 맞짱을 떴다. 일본 잠수기선 어부들과 가파도 해녀들끼리 큰 싸움이 붙어서 여럿이 다치기도 했고, 스킨 스쿠버들과 날마다 싸움과 고성이 오갔던 시절도 있었다.

동네 조카도 소라를 못 가져가게 하는 엄격함

일본의 잠수기선도 사라지고 스킨 스쿠버들도 조례와 해녀들의 눈이 무서워서 내놓고 해산물을 채취하거나 포획하지 못하지만, 그래도 해녀들의 싸움은 끝난 게 아니다. 낭만에 들뜬 관광객들이나 예전에 모두에게 개방됐던 시절만 생각하는 동네 주민들이 가끔씩 해녀들에게 적발되는 경우가 있기 때문이다.

어느 날 올레 6코스 공물해안길을 지날 때였다. 이곳에 산다는 한 자원봉사자가 해안가로 갑자기 내달아 바위틈을 뒤지는가 싶더니 소라 하나를 건져왔다. 그런데, 어디선가 해녀 삼촌 서넛이 떼지어서 몰려왔다. 순식간에 그 총각과 한판 시비가 벌어졌다. 청년이 외쳤다. "나 00네 집 손지우다. 나 모르쿠광(나 00네 집 손주예요. 저 모르시겠어요)?" 한 동네 출신이니 좀 봐달라고 한 것이다.

여기에 물러설 해녀들이 아니었다. 그녀들은 소리쳤다. "우리 바당밭이여. 놈의 밭에 들어강 서리허면 가막소 가는 거나 똑 마찬가지여(우리 바다밭이다. 남의 밭에 들어가서 서리하면 감옥 가는 거나 마찬가지다)." "니네 하르방이 경 가르쳐시냐(너희 할아버지가 그렇게 가르쳤니)?"

바당밭! 그렇다. 해녀들에게 바다는 밭이나 다름없다. 가뭄도 있고, 풍년도 있고, 그곳에 가면 소출도 있기에. 그래서 해녀들은 전통적으로 바다를 '바당밭'이라고 불러왔다. 뿐만 아니라, 현대의 해녀들은 실제 바다에 씨를 뿌리기에, 바당밭이란 말은 더 들어맞게 되었다.

바다 자원이 점점 고갈되면서 몇 년 전부터 어촌계에서는 바다에 전복 종패를 뿌리기 시작했다. 양식장에서 어느 정도 키운 종패를 바당밭에 뿌려서, 완전히 키운 다음에 잡기 시작하는 것이다. 애써 뿌린 종패는 풍성한 수확으로 돌아오기도 하고, 때로는 이상 고온 등 여러 요인들 때문에 실패로 끝나기도 한다.

전복씨를 뿌려서 훗날을 도모하듯이, 해녀들은 소라의 산란기에는 금채기(6월~8월)를 설정해서 잡는 것을 스스로 엄격히 금한다. 알이 찬 소라를 잡는 대신 소라들이 산란한 뒤에 바당밭이 더 풍요로워지는 훗날을 기약하는 것이다. 그래서 금채기만 되면 올레길 곳곳 해안가에는 "삼촌들 소라 잡지 맙서예. 바다 은행에 저축허게마씸"이라고 쓰인 플래카드가 나붙는다. 그 플래카드를 볼 때마다 '기르는 어업'을 생각하게 된다. 우리는 자연에 저축도 하지 않은 채 쏙쏙 빼쓰기만 하는 건 아닐까, 하는 자책감과 더불어.

제주 바당은 예전보다 훨씬 물건이 줄어들었다고는 하지만, 그나마 살아 있다. 이 모든 게 고효율을 보장하는 첨단장비를 마다하고, 지속적으로 바당밭을 지키고 가꾸어온 여전사, 해녀 삼촌들 덕분이다. 슬기와 지혜는 책이나 첨단기술이 아닌 경험 속에서 나온다. 그녀들은 이미 경험으로 알고 있었던 게다. 지속 가능하려면 욕심을 줄이고, 절제해야만 한다는 것을.

테왁 안고
미역귀 먹고
고무옷 입고

어린 시절 내가 나고 자란 동네는 천지연 폭포 윗동네였다. 십여 분만 걸어내려가면 서귀포 포구인지라 해녀들이 몇몇 살았다. 개중에는 강복심이라는 초등학교 친구의 엄마도 있었다. 당시만 해도 고무옷을 입기 전이라서 아이까지 딸린 아줌마가 홑적삼에 반바지 차림인 게 참으로 이상하게 여겨졌다. 물질을 막 마치고 나온 그 아줌마의 머리칼에서는 늘 비린 바다 냄새가 풍겼다. 걸핏하면 복심이를 큰소리로 닦달하는 것도 못마땅했다.

복심이 어멍을 더 꺼리게 된 건 그녀가 호의로 건네주는 간식 때문이었다. 그녀는 내가 그 집 앞을 지날 때마다 몸을 말리느라 피운 장작불에 구운 미역귀를 거칠고 차가운 손으로 건네주었다. "우리 복심이영 잘 놀라이!" 하고 당부하면서. 불에 익어 파르스름해진 미역귀를 살짝 베어 물면 질깃질깃했다. 쌉싸름하고 아린 맛이었다. 가끔씩 꼬치에 꿴 소라를 줄 때는 반가웠지만 미역귀는 영 별로였다. 식료품 가게 집 딸로서 라면이나 소시지 같은 새로운 맛에 길들여진 터라 한입 베어 물고 먹는 시늉만 내다가 집 근처 쓰레기통에 슬쩍 버리곤 했다.

그런데 진저리치게 싫었던 그 미역귀에 강력한 암 억제 효과를 지닌 천하의 명약 성분이 숨어 있었을 줄이야! 어린 시절 나는 명칭 때문에 그것을 '미역의 귀'라고 여겼지만 알고 보니 미역의 생식기였다. 미역귀의 끈적끈적한 성분인 '후코이단'은 여린 잎을 파도와 햇살로부터 보호하기 위해 그 생식기관이 분비한 점액질이었다. 1933년에 처음 보고된 '후코이단'은 1996년 제55회 일본 암학회에서 '후코이단의 항암작용보고서'를 발표하면서 큰 화제를 불러일으켰다. 이후 미국, 러시아, 일본 등에서 활발한 연구가 이뤄지면서 세계 유수 의학저널에 발표된 논문만도 1천여 편을 헤아릴 정도다.

심지어 일본 후쿠시마 원전 사고가 난 이후로는 미역귀가 항암이나 원전 피해를 방지하는 데 도움이 된다고 해서 한국 미역귀가 모조리 일본으로 팔려나가는 소동마저 빚어졌을 정도다. '암세포를 자살시키는 미역귀'라는 방송 프로그램까지 소개되면서 미역귀 열풍은 일본 열도를 강타했다. 그런 소동을 접하면서 갑자기 이런 생각이 들었다. 힘든 해녀 일에 집안일을 겸하면서 말썽꾸러기 다섯 아이를 키우던 복심이 어멍의 가공할 만한 에너지는 그녀가 틈만 나면 질근질근 씹었던 미역귀에서 나온 건 아닐까, 하는.

재료는 '슬로푸드', 요리는 '패스트푸드'

'후코이단' 소동 이후 해녀들의 식단을 더 유심히 들여다보게 되었다. 힘이 많이 드는 물질을 하니 그만큼 많이 먹으리라고 생각했는데, 의외로 해녀들은 소식가였다. 물질 전에 많이 먹으면 몸도 무겁고 깊은 물속에서 거꾸로 잠수하면 위 속에 남은 음식들이 역류하는 현상이 있어서, 해녀들은 많이 먹는 걸 꺼린다. 그렇다고 전혀 안 먹을 수도 없다. 고된 물질을 버틸 만큼은 먹어줘야 한다. 물질 전에는 맨밥에 물을 말아서 젓갈에 먹고 물질이 끝난 뒤에도 갖고 온 흰죽을 조금 떠먹거나 쉰다리(제주에서 쉰 밥을 이용해 만든 술)를 한모금 들이키는 경우가 대부분이다. 너무 힘들어서 제대로 들어가지 않기 때문이다.

게다가 물질과 밭일, 집안일, 심지어는 장사일까지 1인 2역, 1인 3역을 하는 바쁜 일상 때문에 음식을 만드는 데 많은 시간을 할애하기 힘든 게 해녀의 현실이다. '지지고 볶고 데치고 갖은 양념으로 조물조물' '하룻밤 내내 고아서' '몇 주 혹은 몇 달 숙성을 시켜서' 식의 레시피는 엄

두도 못 낸다. 그저 신선한 재료의 맛을 최대한 살리면서 조리 시간은 최대한 단축하는 게 해녀 음식의 특징이다. 재료로 보면 전형적인 슬로푸드, 조리법으로는 패스트푸드인 셈이다.

그러나 가끔은 뜻밖의 강장식을 즐기기도 한다. 금채기(해산물 채취를 금지하는 시기)가 끝나고 본격 물질을 할 시기가 돌아오면 해녀들은 저마다 비장의 강장식을 먹으면서 에너지가 많이 소요되는 물질에 대비하기도 한다.(188~190쪽 해녀들의 소울푸드 참고)

추위와 바람을 막아주지만, 또 다른 어려움이 있다

작업하는 날, 한 무리의 해녀들이 '해녀의 집' 탈의장으로 우르르 몰려든다. 제주 어디에서나 볼 수 있는 아주망, 할망들의 모습이다. 저마다 패션이 다르고, 타고 오는 교통수단도 제각각이다. 소형 자동차, 스쿠터, 오토바이, 남편의 경운기……. 그러나 탈의장에서 고무옷을 갈아입고 테왁, 망사리, 빗창, 호미, 납 벨트 따위의 작업 도구를 챙기고 집어드는 순간 그녀들은 평범한 아주망과 할망에서 일사분란한 여전사로 완벽하게 변신한다.

검정색, 오렌지색 고무옷은 여전사들의 전투복이다. 먼먼 옛날에는 벗은 몸으로, 1980년대 초반까지는 무명옷인 '소중이'로 물질을 했지만, 요즘은 바람과 추위를 막아주는 긴팔 고무옷으로 무장한다. 고무옷을 입은 해녀들은 갑옷으로 중무장한 영화 '글라디에이터'의 주인공들 같다. 고무옷이 등장하면서부터 해녀들의 작업 시간은 과거에는 겨울철에 고작 두어 시간이었지만, 일고여덟 시간으로 늘어나게 되었다.

하지만 해녀들이 이 고무옷을 처음부터 반긴 건 아니다. 해녀들은 고집이 세고 자기 주관이 강하다. 그래서 관에서 일괄적으로 권장하는 고무옷을 반대한 마을 어촌계와 해녀들도 있었다. 수십, 수백 년 친숙해온 소중이를 벗어던진다는 게 상상이 가지 않았던 것이다. 동일리 마을에서는 대부분의 어촌 마을들이 고무옷을 받아들인 후에도 2년이 넘도록 소중이를 고수하기도 했다.

바람과 추위를 막아주는 여전사의 갑옷, 고무옷에는 말 못할 애환도 있다. 입고 벗기가 여간 어렵고 온몸을 조여드는 긴장감 때문에 정말이지 갑옷을 입은 듯한 갑갑함이 있다. 그보다 더 어려운 것은, 작업 시간은 더 길어졌지만 '볼일'을 보기는 더 힘들어졌다는 점이다. 한 해녀 할망이 들려준 이야기 한 토막.

"물속에 화장실이 있는 것도 아니고 고무옷을 입었다 벗었다 할 수도 없으니까 하는 수 없이 그냥 볼일을 본다. 그것 때문에 웬만하면 많이 먹지를 않지만, 물질하려면 안 먹을 수도 없으니, 작업하는 동안 적어도 두세 번은. 어떤 날에는 집에 돌아오면 고무옷 안에서 통기가 안 돼서 오줌독으로 온몸이 시퍼렇게 멍들어 있을 때도 있다."

테왁은 친구요, 저장고요, 구명선이요, 표지판

고무옷이 전투복이라면, 옆구리에 낀 테왁('물에 뜬 바가지'라는 뜻의 제주어다. 본디 전통적인 테왁은 잘 여문 박의 씨를 파내고 물이 들어가지 않도록 구멍을 막아서 사용했기에 이런 이름을 붙인 것이다. 1960년대 중반부터 스티로폼으로 재질이 바뀌었지만, 해녀들은 아직도 친숙했던 이름을 쓴다)은 제1의 무기다.

테왁은 그녀들의 가장 소중한 벗이자 구명선이요, 위치를 알리는 표지판이요, 먼바당까지 데려다주는 길동무이다. 해녀들은 망사리가 주렁주렁 매달린 테왁을 바다 위에 띄워놓고 거기에 기대어 길게 숨을 내쉬고 다시 숨을 채운 뒤에 바닷속으로 잠수한다. 물속에서 물건을 수확하고 물 위로 올라올 때 목표물은 테왁이다. 테왁 근처로 곧바로 떠

오르지 못하면 낭패다. 숨이 거의 다 된 순간 또다시 테왁이 있는 곳까지 헤엄을 쳐서 이동해야 하므로.

구명선 격인 테왁에 의지해야만 인간의 한계를 뛰어넘으면서까지 참고 참았던 숨, 숨비소리를 비로소 내쉴 수 있다. 테왁에 매달린 망사리에 물건을 집어넣고 다시 물속에 들어가는 주인을 테왁은 기다린다. 주인이 돌아오지 못하면 테왁은 해녀의 실종 위치를 알려주는 단서가 된다.

언제 테왁을 부모에게서 받았는지가 해녀의 구력舊曆을 말해준다. 내가 만난 해녀들 중에 가장 어린 나이에 받은 이가 열 살 때였지만, 대부분은 열두 살에서 열다섯 살 사이다. 물가에서 헤엄을 치고 때로는 자맥질로 물건을 하던 어린 소녀는 자기만의 테왁을 받는 순간 정식 해녀의 세계로 입문하게 된다. 그때부터 테왁은 떼려야 뗄 수 없는 그녀의 소중한 친구이자 평생 동반자가 된다. 몸집이 커지고 어른이 되면 '족은(작은) 테왁'을 버리고 자기에게 맞는 테왁을 갖게 된다.

테왁을 받은 순간을 인생 최고의 순간으로 기억하는 이도 있고, 가장 슬픈 순간으로 기억하는 이도 있다. 물질을 하고팠던 이에게는 자격을 인정받은 증표였고, 물질을 싫어하는 이에게는 해녀의 고된 삶으로 들어섰음을 의미하는 저주스런 증표였다.

좋아서 받았든 억지로 받았든 간에 해녀들은 테왁을 무척 소중하게 다룬다. 예전에는 스티로폼 테왁에 검정색 천, 요즈음에는 관에서 보급한 오렌지색 천을 씌우는데 세월이 흐르다 보면 햇빛과 바람에 색이 바랜다. 해녀 탈의장에서 만난 한 해녀는 집에서 들고 온 조각보로 해진 구멍을 깁고 있었는데, 그 표정이 얼마나 진지하고 애틋했던지 테왁에 대한 애정이 그대로 느껴졌다.

똑같은 색깔의 테왁 대신에 다양한 컬러로 자신의 개성을 한껏 드러내는 해녀들도 있다. 올레 8코스 후반부에 위치한 하예 포구 해녀들이 그렇다. 알록달록한 원색의 천, 특별한 수가 놓인 천, 조각보로 이어놓은 천으로 장식된 테왁들이 즐비하게 내걸린 해녀 탈의장은 생활 예술품 전시장 같았다. 먼바다에서 유일하게 의지하는 친구를 향한 애틋한 사랑을 담은.

비장의, 비운의, 빗창

테왁이 해녀들의 구명선이라면, 빗창은 그녀들의 무기다. 쇠를 벼려서 만든 이 날랜 무기로 해녀들은 바닷속에서 가장 값나가는 물건인 전복을 캐낸다. 깊은 바다 바위틈에 딱 붙어서 살아가는 전복의 앙다문

입을 벌리는 데 빗창만 한 무기가 없다. 해녀들은 물속에 들어갈 때 빗창을 손목에 두 번 감은 뒤 손에 쥔다. 그래야만 물속에서 떨어뜨리지 않기 때문이다.

가장 중요한 무기이니만큼 빗창을 둘러싼 금기 또한 많다. 빗창을 새로 맞출 때에는 반드시 재수가 좋다는 개날(술일戌日)을 택해서 대장간에 가고, 빗창에 녹이 슬면 재수가 없다고 여기고, 다른 사람이 자기 빗창을 밟으면 자신을 깔보는 행위로 여긴다. 그만큼 빗창이 해녀의 인생에 중요한 존재인 것이다.

그러나 빗창은 양날의 칼을 가졌다. 가장 귀한 물건을 캘 수 있게 해주는 든든한 조력자이지만 때로는 목숨을 위협하는 흉기가 되기도 한다. 보목리에 사는 중군 해녀가 들려준 이야기 한 토막.

"전복이 입을 딱 벌릴 수 있도록 각도를 잘 맞춰서 순간적으로 빗창을 찔러넣어야 한다. 그 순간을 놓치면 입을 벌리기는커녕 거꾸로 빗창을 꽉 물어서 놔주지를 않는다. 해녀 입장에서는 다 잡은 거나 다름없는 전복도 아깝고 빗창도 아까워서 어떻게든 애를 써보다가 물숨이 다해 죽는다. 전복 바위 옆에서 죽은 해녀들은 대부분 그런 경우다."

빗창이 비창悲愴으로 돌변하는 순간이다. 해녀들은 이런 양날의 검, 빗창을 늘 망사리에 걸어둔다. 그래야만 바람이 통해 녹이 쉬 슬지 않기 때문이다. 빗창은 생활의 무기지만 역사의 무대에 등장하기도 했다. 1930년대 해녀항쟁 때 해녀들이 서슬 퍼런 일본 순사들에 맞서서 저항한 무기는 총도 칼도 아닌, 빗창과 호미였다.

해녀들의 소울푸드

뭉게죽–해녀들이 최고의 보양식으로 꼽는 음식은 '뭉게죽(문어죽)'이다. '바다의 카멜레온'이라 불리는 문어는 전복을 잡아먹고 산다. 정력에 좋은 강장 식품으로 꼽히는 전복을 먹으니 그 힘이 가히 장사급이 아닐 수 없다. 금채기가 지나 본격적인 물질을 할 시기가 다가오면 해녀들은 에너지 비축을 위해 '뭉게죽'을 먹어둔다. 2014년 올레 축제 때 북촌리 부녀회는 바로 이 '뭉게죽'을 선보였는데, 온종일 폭우가 쏟아지는 날 먹은 뭉게죽의 맛은 가히 환상적이었다.

소라젓–제주 뿔소라는 특히나 단단한 육질과 고소한 맛으로 명성이 자자하다. 그 소라를 푹 삶아서 잘게 썰어, 간장을 넣어 젓을 담근다. 이때 내장과 똥까지 버리지 않고 다 넣는다. 그래야만 구수한 '게우젓'의 맛도 살리고 영양소도 골고루 섭취할 수 있기 때문이다. 담그는 즉시 먹기도 하고, 두고 두고 먹기도 한다. 따끈한 밥에 비벼먹으면 밥도둑이 따로 없다. 소라는 젓을 담그기도 하지만 상추, 파, 양파 등 우영팟에서 금세 따낸 야채와 함께 볶아먹기도 한다.

톳 냉국–제주 바닷에서 가장 흔한 해초 중 하나가 톳이다. 그 톳을 삶아서 보관한 뒤 다양하게 식재료로 활용하는데 그중 여름에 가장 즐겨 먹는 메뉴가 바로 톳 냉국이다. 삶은 톳을 먹기 좋게 썰어서 된장, 식초에 조물거린 뒤에 시원한 냉수를 부어 휘휘 저어주면 끝이다. 기호에 따라서 파나 고추 등을 더 첨가하기도 한다. 조리법은 단순하지만 무더운 여름철 더위를 날려버리는 '마법의 냉국'이다. 제주에서는 고추장 대신 된장을 베이스로 쓰는 경우가 많다.

해삼탕–톳 냉국이 일상의 냉국이라면 해삼탕은 성찬의 냉국이다. 갓 잡은 홍해삼을 먹기 좋게 썬 뒤에 납작하게 썬 오이, 채 친 무, 다진 쪽파 등을 넣는다. 이 재료에 된장과 고추장을 반반씩 섞은 양념장에 참기름, 식초, 설탕을 첨가한 뒤 국물을 자박하게 부어서 잘 저어준다. 마지막에 생김을 부셔서 얹는다. 해녀 레시피치고는 제법 복잡한 듯하지만 정작 해보면 간단하다.

병어돔국–싱싱한 병어돔을 넣고 생 돌김을 넣는다. 간은 집에서 만든 국간장으로 맞춘다. 마지막에 쪽파를 넣는다. 이날 무엇이 잡히는가에 따라 병어돔 대신 갯돔이나 돌돔을 쓰기도 한다. 하지만 해녀들은 병어돔과 돌김의 궁합을 최고로 꼽는다. 가장 간단한 레시피로 최고의 생선스프를 만드는 비결은 단순하다. 갓 잡은 병어돔에 간만 잘 맞추면 된다.

자리 마농지–간장에 박아둔 풋마농(풋마늘)지에 어슷하게 썬 자리돔을 얹어서 먹는다. 마농지의 짭조름한 맛에 자리돔의 싱싱하고 담백한 맛이 기막히게 조화롭다. 해녀들은 이 레시피를 얘기하면서 '잘도 맛 좋아'를 연발했다. 자리돔이 잡히는 철이면 뱃전에서 즉석에서 자리회를 뜨고 집에서 갖고 온 마농지에 얹어서 먹었더란다.

너무 소박하고 단순하다고? 그러나 그 모든 재료가 청정한 제주의 바람과 파도 속에서 길러져, 오늘 이 자리에서 건져내고 따낸 것임을 떠올려보라. 대형 슈퍼마켓 유리케이스 진열대에 즐비한, 어디에서 생산되어 얼마나 긴 시간이 걸려서 당도했는지 모르는 식재료 앞에 노출된 도시인들에 비해 그녀들의 식사는 돈으로 환산하기 힘든 '성찬 중의 성찬'일지 모른다.

으리으리한
해녀들의 의리

두 해 전 여름, 후배 성수선 작가가 바쁜 직장 생활 와중에 머리에서 김을 뺀다고 올레길을 걸으러 왔길래, 휴식의 섬 가파도로 데려갔다. 내가 들어왔다는 소식을 듣고 해녀 몇몇이 '해녀의 집'으로 마실을 왔다. '블루코너'의 여주인 영남씨도 빠지지 않았다. 맥주를 한잔하면서 이런저런 얘기를 나누던 중, 영남씨에게 수선이가 물었다. "최고 상군이라고 하던데 처음부터 물질을 그렇게 잘하셨나요?" 서울 여자다운 질문이었다.

"나는 원래 해녀가 아니었어요. 이 마을에 시집 와보니 다들 해녀를 하길래 나도 시작했지요. 스물다섯 살이라는 늦은 나이에 물질을 시작했어요. 처음 물질을 시작했을 때 죽을힘을 다해 열심히 했는데 고작 잡은 건 작은 오분자기 두 개였어요. 텅 빈 망사리를 메고 잔뜩 기가 죽어서 나왔죠. 근데 고참 해녀들이 제게 자기가 잡은 걸 하나씩 나눠줬어요. 문어 한 마리, 전복 하나, 소라 하나…… 그렇게 제 망사리를 가득 채워줬어요. 그렇게 다들 도와주신 덕분에 제가 오늘날 이렇게 큰 잠수부가 될 수 있었죠."

아, 지금은 동네에서 일,이등을 다투는 상군 해녀에게도 초라한 '초보 해녀' 시절이 있었구나. 선배 해녀들의 자매애에 힘입어 그 시절을 넘겼구나. 그 이야기를 듣자니 마감 시간이 되도록 기사를 끝내지 못해 머리가 새하얗게 텅 비면서 피가 바짝바짝 마르던 '초짜 기자' 시절이 생각났다. 그때 내게도 구원의 손길을 내밀어준 누군가가 있었던 기억이 그제야 떠올랐다.

지금도 직장 생활을 하는, 예전의 나보다도 더 치열한 전선에서 복무하는 후배 수선이에게는 영남씨의 얘기가 더 큰 울림을 주었던 모양이다. 그녀는 서울로 올라간 뒤 자기 블로그에 그날의 만남에 대해 긴 글을 올렸고, 그 글에 대해 수많은 방문자들이 '좋아요'를 눌렀다. 해녀들의 '자매애'가 동료들끼리도 치열하게 경쟁해야 하는 요즘 젊은 친구들에게 너무나도 신선한 충격을 안긴 것이다.

"듣다가 눈물이 핑 돌았다. 해녀님도 말씀하시다가 감정이 북받

치시는지 살짝 눈물을 글썽했다. 강한 자매애를 지닌 해녀들은 서로 돕는다고 한다. 신참이나 할망 해녀들이 못 잡으면 동료들이 하나씩 나눠줘서 망사리를 가득 채워준다고…… 신참이나 물눈이 어두운 해녀들이 건질 거 없는 데서 버벅거리면 많이 잡히는 데를 알려주고 물살 잔잔하고 안전한 곳은 할망들에게 양보한다고 한다.(중략) 아, 듣는 내내 감동, 탄복, 경탄하면서도 한편으로는 너무 부끄럽고 쪽팔렸다. 모두가 자기 밥통 지키기에 급급한 이 매몰찬 세상에서, 잘되면 내 덕, 못되면 남 탓인 이 비열한 세상에서, 나보다 잘난 후배가 있으면 싹수를 잘라버리는 이 야비한 세상에서, 멸종 위기의 해녀들은 서로가 서로를 보듬어가면서 돕고 있는 것이다."

– 성수선의 블로그에서

해녀들의 노후보장제도, 할망바당

초짜 해녀들을 돕는 자매애는 고참 해녀들의 생계를 보장하는 '할망바당'에서 더 여실하게 나타난다. 왕년에 펄펄 날면서 동네방네 소문났던 '상군 해녀'도 나이가 들고 숨이 차면 점점 작업 시간이 줄어들고 갈수록 깊은 바닷속에서 물질하기가 버거워진다. 자연히 딸이나 손녀

뻘의 젊은 해녀들에게 밀리기 마련이다.

그런 나이든 해녀들을 위해 해녀 스스로 만든 노후보장책이 '할망바당'이다. 수심은 얕지만 여(바위)가 발달해서 해산물은 풍성한 바당 밭을 지정해 나이든 해녀들만 작업하도록 하는 제도다. 목숨을 거는 직업, 하루 벌어 하루 먹어야 하는 직종에서 힘이 덜 들고 수확은 좋은 구역을 제 발로 양보하기란 얼마나 어려운 일인가. 인간들이 종종 잊어버리는 엄연하고도 단순한 진리를 해녀들은 잊지 않았다. 자신들도 언젠가는 늙어가리라는 것을!

제주도 안에서도 '할망바당'으로 이름난 곳은 대한민국 최남단 마라도. 마라도는 지금은 짜장면과 카트카 관광으로 더 알려진 곳이 되고 말았지만, 오랜 세월 모슬포 지역 해녀들의 전진기지 구실을 했던 곳이다. 풍광이 기막히게 아름다운 곳일수록 삶은 척박하기 마련. 사진작가 김영갑이 사랑했던 섬답게 끝내주게 아름답지만, 사방이 물이요, 뭍에는 황량한 목초지가 대부분인 곳이다. 남자들은 뱃일, 여자들은 물질 아니면 생계를 꾸릴 수 없는 곳이 마라도였다. 해산물은 풍부하지만 풍랑이 거세서 작업을 못하는 날이 더 많은 곳 또한 마라도였다.

목숨을 거는 바닷일에 목을 맬 수밖에 없는 곳이라서였을까. 마라도는 구전으로 전해내려오는 마을 향약이 처음으로 문서화된 곳이기도 하다. 그 길고 세세한 조항 중 31조가 '할망바당'에 대한 규정이다.

"미역을 캘 능력이 없는 자는 속칭 '골치어음'으로부터 '장시덕'까지 해안 채취를 할 수 있다."

더불어 살아가는 지혜의 정수精髓! 너도 살고, 나도 살고, 젊은이도 늙은이도 같이 살아가야 한다는 걸 해녀들은 알았다. 세월이 흐르면서 마라도는 어업이 아닌 장사가 대세가 되었고 물질하는 할망들도 사라지면서 '할망바당'은 시나브로 사라져갔다.

그러나 아직도 물질하는 해녀들이 많은 인근 가파도는 '할망바당'이 건재하다. 몇 해 전부터 도입된 가파도의 '할망바당' 제도는 마라도보다 한 단계 더 진화했다. 당장 채취하기에는 너무 작은 소라를 수거해 수심 4~5미터의 인근 바다에 뿌린 뒤, 나이든 할망들만 작업할 수 있도록 못 박았다. 단, 할망들이라도 10센티미터 이상 자란 소라만 캐고 판매할 수 있다. 나이든 해녀를 보호하는 미풍양속과 '기르는 어업'이 결합된 신식 '할망바당'인 셈이다.

자기 자신과는 목숨을 걸고 싸우면서도 동료 선후배끼리는 끈끈한 자매애를 발휘하는 해녀 사회! 이 얼마나 인간적인 공동체인가.

불처럼
뜨거운 수다

불턱은 육지 사람들에게는 낯선 단어다. 그러나 해녀들에게는 가장 정겨운 단어이고, 제주 사람들에게는 익숙한 단어다. 해녀 문화의 시작과 끝이 불턱에 있다고 해도 과언이 아니다. 제주도 바닷가 근처에 거무죽죽한 현무암 돌멩이로 네모나게 혹은 둥그렇게 쌓아올려진 공간이 있다면, 그건 틀림없이 불턱 아니면 굿당이다.

불턱이라는 단어에서 연상되듯이 '불을 쬐는 곳'이 바로 불턱이다. 불만 쬐는 게 아니라 옷을 갈아입는 장소이기도 하다. 해녀들은 여기서 평상복을 해녀복으로 갈아입고, 완전무장을 한다. 배를 타고 멀리 가지 않고 가까운 해안에서 일할 때에는 중간 휴식을 취하는 장소이기도 하다. 하루 물질이 끝나면 해녀들은 다시 불턱에 삼삼오오 모여서 불을 쬐면서 몸을 덥히고 다시 평상복으로 갈아입는다.

불턱은 단순히 옷을 갈아입고 불만 쬐는 기능적인 장소가 아니다.

수다가 꽃피는 사랑방이기도 하다. 해녀들은 불을 쬐는 동안 오늘 어느 바당에서 어떻게 작업할까를 결정하기도 하고, 소소한 집안 이야기와 동네 소문을 나눈다. 사회적 공론의 장이자 개인적 수다의 장인 셈이다. 동네가 거의 친인척 지간인지라 해녀들도 고부간, 동서간, 시누이 올케지간인 경우가 많아서 '누구네 집 숟가락이 몇 개인지' 서로 빠삭하다. 누구네 남편이 술주정이 심한지, 누구네 집 아들이 공부를 잘하는지, 그 집 시어머니 성질이 어떠한지까지.

'안 보는 데에선 나랏님도 욕한다'는 옛말이 있다. 자기 힘이나 처지로는 어찌해볼 도리가 없는 거대한 체제나 관습, 불가항력의 존재에 대해 맘껏 말할 자유로운 공간은 어느 시대나 필요한 법. 사실 직장에서 상사의 뒷담화를 함께 나누던 동료가 자기만 쏙 빼고 그 이야기를 전해서, 카톡에서 며느리들끼리 나눈 뒷담화를 시어머니 친구가 우연히 보고선 친구에게 전해서, 상사와 시어머니에게 곤욕을 치른 사례가 한두 건이 아니다.

가장 자유로운 해방 공간인 불턱에는 한 가지 불문율이 있다. '불턱에서 나눈 이야기는 절대로 밖으로 옮기지 않는다.' 비밀 엄수가 보장되어야만 마음속 이야기를 제대로 풀어낼 수 있고 갈등이 번지지 않는다는 걸 깨달은 해녀들의 지혜다.

어머니에게 불턱이 해방의 공간이라면 아이들에게는 기다림의 공간이다. 불턱에서 불을 쬐면서 물질 나간 어멍을 기다리다가, 어멍이 돌아오면 잉걸불(다 타지 않은 장작불)에 구워주는 새파란 미역귀나 소라구이를 한 점 얻어먹기도 하는 정겨운 곳. 해녀 어머니 밑에서 자라면서 어려서부터 물질하는 '애기 상군'이었던 허정옥(전 제주컨벤션 사장) 교수는 불턱에서의 추억을 이렇게 들려주었다.

> "엄마는 기다리다가 지쳐 입술이 새파래진 내게 갓 딴 미역귀를 잉걸불에 구워서 제 입에 넣어주곤 했어요. 쫀득쫀득한 미역귀 맛이 아직도 생생해요. 달달한 과자나 사탕을 먹는 부잣집 친구들이 그때는 너무나 부러웠는데, 지금 돌이켜보면 미네랄과 비타민이 들어 있는 최고의 간식을 먹었던 셈이죠."

정겨운 수다 사랑방인 불턱은 고무옷이 보급되고 현대식 해녀 탈의장이 마을마다 들어서면서, 일부 마을을 제외하면 대부분 과거의 문화유산이 되었다. 이제 해녀들은 해녀 탈의장, 해녀회관, 마을회관 등으로 장소를 옮겨 불턱에서의 대화를 이어간다.

파도에 출렁이는 해녀들의 대화

해녀들의 수다는 바다에서도 계속된다. 올레길을 내기 훨씬 전에 서울의 직장 생활에 슬슬 지쳐갈 무렵, 제주시 한림항 앞에 환상적인 실루엣으로 떠 있는 비양도의 자태에 반해서 가끔 찾았다. 삭막한 도시 생활과 가파른 직업전선에서 시달리고 찌든 몸과 마음에 비양도의 맑은 공기와 푸른 바다, 그 고요한 적막은 지친 나를 달래주는 포근한 위로이자 달콤한 휴식이었다.

그러던 어느 날, 바다 위에 떠 있는 기기묘묘한 기암괴석을 쳐다보면서 넋을 놓고 섬을 한 바퀴 어슬렁어슬렁 걸었다. 비양도는 당시만 해도 몇몇 낚시꾼들만 찾는 숨겨진 섬이라 주변에 아무도 없었다. 보이는 것이라고는 바다와 하늘, 들리는 건 파도소리뿐.

그런데 갑자기 무슨 소리가 들렸다. 여자들의 목소리였다. 자세한 대화 내용은 몰라도 집안일과 관련된 듯했다. "니네 집 제사." "아니우다게. 시월 셋쨋날 아니우꽈." 좌우 사방을 둘러보았지만 아무도 없었다. 그런데도 두 여자의 대화는 또 이어졌다. 세상에나, 테왁 두 개가 바다 위에 떠 있었고 대화의 주인공은 그 테왁에 몸을 의지한 두 해녀였다. 먼바다에서 나누는 대화소리가 해안길을 걷는 내게 들리다니, 믿기가 힘들었다.

그때 비로소 나는 깨달았다. 어린 시절 동네 해녀 삼촌들의 목소리가 왜 그리도 컸는지를. 먼 거리를 두고 바람과 파도소리를 넘어서 상대방과 이야기를 나누다 보니 목소리가 자연 커질 수밖에 없었던 것이다. 훗날 알게 된 제주어 연구자에게 그 이야기를 들려주었더니 한참 웃고는 또 다른 가설을 들려주었다. 제주어에 받침이 없고 줄임말이 유난히 많은 것도 바람 속에서 대화하느라 생긴 현상이라는 것이었다. '가서 봐서 와서 말해주라'를 '강 방 왕 골아줍써'라는 식으로.

봄날 같은 그대들과 춤을

가파도에 들어가서 하룻밤을 보낸 적이 있다. 마을 해녀들의 이야기를 듣고 싶다고 했더니 마을회관으로 오란다. 바닷가 근처 마을회관에 동네 해녀 십수 명이 모여 있었다. 다른 마을 해녀들에 비해 50대의 젊은 해녀들이 많은 게 가파도의 특징이다. 외딴 섬에서 여자들이 할 만한 직업이 없기에 비교적 젊은 층들도 해녀 일에 뛰어들기 때문이다.

그네들은 이야기를 나누다가 누군가의 제안으로 노래를 시작했다. 모두가 자기만의 18번을 갖고 있었고, 비장의 장기를 지니고 있었다. 노래면 노래, 춤이면 춤, 모두가 가수요, 댄서였다. 거기에는 다 이유가 있다. 워낙 거센 파도 때문에 가파도에는 물질을 못하는 날이 많을 수밖에 없다. 거센 바람 때문에 청보리 농사밖에 지을 수 없는 섬이라서 물질이 없는 날에는 모여서 노래하고 춤을 추며 보내는 시간이 많단다. 그러다 보니 느는 건 노래 솜씨일 수밖에. 그들의 흥에 감염된 탓일까. 나도 모르게 마이크를 잡고 내 18번 '봄날은 간다'를 불렀다. 아직도 봄날인 그녀들을 위해 '봄날은 온다'로 가사를 바꾼 채.

수다의 힘, 노래의 힘으로 해녀들은 고된 노동의 파도, 바람 많은 삶을 넘어가고 이겨낸다.

미역으로 세운 학교

온평리는 올레 2코스 종점이자 3코스 출발점인 조그마한 어촌 마을이다. 길을 내기 위해 처음 이 마을을 찾았을 때, 마을은 인적 하나 없이 조용하고 바다는 한없이 고요했다. 포구의 도대불(제주 지역 옛 등대)과 환해장성(제주도 해안선을 따라 쌓아놓은 성벽)만이 우리를 말없이 맞이했다. 마을은 제주의 시조始祖로 불리는 고, 양, 부 세 선신이 저 멀리 벽랑국에서 배를 타고 온 세 공주를 만나서 결혼을 하고 신방을 차렸다는 혼인지 전설을 지닌 곳이다. 여러모로 올레의 시종점으로 삼기에 안성맞춤이었다.

그런 온평리에 또 다른 아름다운 이야기가 있다는 걸 알게 된 건 그로부터 2년이 흐른 뒤였다. 코스를 점검하러 마을을 들렀는데 마을 이장님이 꼭 자랑하고 싶은 곳이 있다, 되도록 올레 코스를 그곳을 지나도록 바꿀 수는 없냐면서 내 손을 이끌었다. 온평초등학교. 자그맣고 아담한 제주도의 전형적인 시골학교 교정이었다.

그러나 이장님의 목적지는 교정 뒤편에 있었다. '얼운이 초록 동산'이라고 했다. 그 동산에는 공로비가 여럿 서 있었다. 이장님은 그중 하나를 가리켰다. 아, 해녀공덕비였다. 해녀에 관심을 가진 내게 꼭 이 사연을 들려주고 싶었노라고 했다. 사연인즉 요약하자면 이러했다.

이 궁벽한 어촌 마을 온평리에는 오랫동안 초등학교가 없었다. 동네 아이들은 한 시간 남짓 떨어진 동남초등학교까지 걸어다녀야만 했다. 이를 안타까이 여긴 마을 유지들이 힘을 모아서 해방 이듬해인 1946년에 초등학교를 세웠다. 그러나 1950년 12월 화재가 일어나서 목조건물 4개 교실이 불에 타고 말았다. 어렵게 세운 학교마저 불에 타자 다들 망연자실했다. 그때 동네 해녀 삼촌들이 나섰다.

해녀 총회를 열어 의견을 모으고 공동 채취하는 미역의 절반을 내놓을 테니 학교를 다시 짓자고 했다. 신양리와 신산리 양쪽 경계 지경의 바다를 '학교 바당'으로 지정하고 그 수익금의 절반을 내놓기로 했다. 이 소식을 전해들은 모슬포 제1훈련소에서는 온평리 미역을 장병들의 부식으로 구입하는 계약을 체결했다. 한 해 미역을 팔면 교실 하나가 지어졌다.

그래도 교실난이 해소되지 않아 아이들이 합반하는 걸 보다 못한 해녀 삼촌들이 새로운 제안을 내놓았다. 나머지 절반의 몫도 포기할 테니 교실을 하나 더 지어달라고. 불타버린 학교는 1951년에서 1958년까지 이런 과정을 거치면서 서서히 제 모습을 갖추기 시작했다. 마을 사람들은 이 초등학교를 '해녀학교'로 불렀다. 이 기념비는 그런 해녀 삼촌들의 공을 기리기 위해 마을 사람들이 1961년에 세운 것이다.

사연을 들으면서 울컥했다. 그 당시 대부분의 제주해녀들은 무학이거나 초등학교를 다니다가 그만두고 물질에 뛰어들었다. 궁벽한 어촌 온평리는 더더욱 그랬을 것이다. 그런데도 후손들의 학업을 위해 자신들의 몫을 절반이나, 나중에는 전부를 내놓았다. 자신들은 배우지 못했기에 더 절절하게 한을 품었고, 후손들에게만큼은 배움의 기회를 주고 싶었으리라.

온평리 해녀학교 사연은 내게 긴 여운을 남겼다. 해방 직후 경제적 기반이 초토화되고 너나 할 것 없이 제 식구 입에 풀칠하기에 바빴던 그 궁벽한 시절에 마을학교를 위해 자신들의 몫을 내놓았던 그녀들. 다른 마을에도 그런 사연이 있는지 궁금했다. 아니나 다를까, 이 마을 저 마을에 엇비슷한 사연들이 깃들어 있었다.

가파도도 그런 마을 중 하나다. 이 마을에 학교후원회가 만들어진 것은 1965년. 해녀들이 기부하기로 한 품목은 미역 대신 톳이었다. 가파도 톳은 물살이 센 해역에서 자라는지라 유난히 쫀쫀해서 여느 지역 미역보다 가격이 비쌌다. 학교후원회는 톳 수확 철에 그 톳의 수확을 독점하는 권한을 갖기로 했다. 해녀들이 자신들의 몫을 후원회에 넘긴 것이다. 학교후원회는 가파도 동쪽에 위치한 넙개에서 생산되는 톳을 거둬들여 그 판매대금으로 학교와 학생들을 위한 자금으로 충당했다. 학생 수가 얼마 되지 않아 운영이 어려운 학교에 큰 도움이 되었음은 물론이다.

우리 자랑을 잃다

장학금을 준 사례도 있다. 북촌 마을에서 4.3 유족들의 사연을 취재할 때 우연히 전해들은 이야기였다. 북촌리 학살 사건 이후 남자들은 다 씨가 말라버린 마을에 홀어멍이 된 해녀들과 딸들과 유복자들 몇몇만 있던 마을에 일대 경사가 났단다. 그 유복자 중 한 명이 서울의 사립대학에 합격을 한 것이었다. 4.3 항쟁 당시 '육지나 일본으로 유학 가서 공부 좀 했다는' 이들은 변란에 휘말려서 이미 다 죽은 지 오래인데 한 세대가 지나서 비로소 유학생이 나오게 되자 마을 해녀들은 자기 일처럼 기뻐했다. 문제는 입학금을 내기 힘들 정도로 어려운 가정 형편이었다.

동네의 해녀들은 해산물을 판 돈을 십시일반 모으기로 했다. 그들은 그렇게 모은 돈으로 '자랑스러운 동네 아들'의 입학금을 마련해주었다. 그 아들은 동네 삼촌들의 지원 속에서 무사히 대학 4년을 마치고 버젓한 직장에 취직도 했지만, 웬일인지 두어 해 만에 직장을 때려치우고 사업을 시작했다는 이야기가 들려왔다.

그 청년은 어느 날 마을에 와서 자신이 하는 사업의 전망에 대해 청산유수로 해녀 삼촌들에게 설명을 늘어놓았고 투자를 권유했다. '마을의 자랑'을 철석같이 믿었던 해녀들은 수협과 농협 등에 묻어놓았던 정기예금과 적금을 헐어서 그에게 투자했지만, 결과는 허망했다. 사업이 뜻대로 되지 않았던지 청년 실업가는 여러 차례의 고소, 고발, 사기 사건으로 철창 신세를 지게 되었고 해녀 삼촌들은 돈 한 푼 돌려받지 못했다. "돈이사 다시 벌면 되지만 돈 잃은 것보다 더 애석한 건 우리 자랑을 잃어버린 거주." 한 해녀 할망이 씁쓸하게 웃으면서 던진 말이 독한 원망보다 더 가슴을 후벼팠다.

고달프고 힘든 물질로 얻은 소득을 교육을 위해 기꺼이 내놓은 해녀들의 이야기는 신선한 충격이었다. 제 자식만 잘되기를 바라서 촌지를 건네고 사교육 시장을 키우는 요즈음 '잘난 엄마'들과는 달라도 너무

나도 다른 제주해녀들. 모두의 자식을 위해 선뜻 자기네 몫을 내놓고, 이웃 자식조차 제 자식처럼 여겨 등록금을 댄 해녀 삼촌들이야말로 진정한 기부자요 선한 투자자일 것이다.

언제부터인가 해녀학교 이야기가 들려왔다. 이론은 물론이거니와 해녀 물질을 가르친다고 했다. 잘해낼 자신은 없었지만 해녀를 좀더 제대로 알고 배울 수 있는 기회라는 생각이 들었다. 그러나 세계 최초, 도내 유일의 한수풀 해녀학교는 내가 사는 서귀포에서 너무나 거리가 멀었고, 교육 과정도 토요일만 하는지라 무려 넉 달의 시간이 필요했다. 내게는 너무 길었다.

2015년 5월, 법환 해녀학교가 처음으로 개설된다는 소식을 접했다. 집에서 불과 이십 분 거리, 여자들만 받는다고 했다. 토, 일 이틀 연속이라서 걸리는 기간도 절반이었다. 서둘러 신청을 했고, 다행히도 들어가게 되었다. 입학날부터 해프닝의 연속이었지만 어찌저찌 해서 아주 '우스운 성적'으로 졸업했다.

법환 해녀학교는 내가 이제까지 다녀본 학교 중 최고였고, 해녀학교 선생님도 최고의 선생님들이었다. 내게 제주해녀를 좀더 가까이 알게 해주었고, 고향인 제주 바당을 재발견하게 해주었다. 내 동기생들 중 상당수는 졸업 후 인턴을 거쳐서 정식 해녀의 길로 들어설 예정이다. 그들이 바로 제주해녀의 미래다.

제4부

해녀학교를 아시나요

mares
어촌계
성명

바다 쓰레기를 보석으로

그들을 만난 건 순전히 우연이었다. 2014년 햇살이 유난히 양명한 초가을 주말 오후, 나는 이중섭 거리를 게으르게 산책하고 있었다. 산책 말고도 또 다른 목적이 있었다. 봄부터 가을까지 주말마다 이 거리에서는 소품 액세서리나 예술품을 파는 난장이 펼쳐지곤 했다. 둘러보는 것만으로도 눈이 즐겁고, 자신이 만든 물건들을 들고 나온 괴짜 예술가들을 만나 근황을 주고받는 재미도 쏠쏠했기에 겸사겸사 나선 길이었다.

이중섭 미술관을 지나서 언덕길을 오르는데 정겨운 얼굴이 나를 불러세웠다. 이 거리의 명물 한라꽃방에서 부모를 도와 일하는 '꽃집 아가씨'인 기쁨이였다. 그녀는 한 좌판 앞에서 무언가 고르는 중이었다. "제가 아는 친구들인데요, 이모가 좋아할 만한 예쁜 게 무지 많아요. 제가 하나 선물해드릴 테니 골라보세요."

척 보니 소소한 목걸이, 팔찌, 귀걸이, 브로치 등속이었다. '뭐 별로 특별한 것도 없는데' 생각했다. 눈치를 알아챈 기쁨이가 냉큼 말을 보탰다. "이모, 해녀 좋아하잖아요. 이 친구들 몽땅 해녀학교 출신이에요. 이 액세서리들은 바다에서 건진 쓰레기를 재활용해서 만든 거예요. 쓰레기의 대변신 아니에요?"

귀가 번쩍 뜨였다. 이렇게 젊은 친구들이 해녀학교 출신이라니? 게다가 남자들도 있다. 자세히 살펴보니 재료들은 깨진 '한라산' 소주병 조각, 페트병, 플라스틱 부표, 그물, 마른 해초들이었다. 그들의 사연이 자못 궁금했다. 저녁을 사주겠다고 제안했더니, 모두들 '불감청 고소원'이라는 표정으로 환호작약했다.

영업이 끝나고 근처의 닭갈비집에서 그들을 다시 만났다. 남자 둘 여자 셋. 신원조사부터 들어갔다. 모두 높은 경쟁률을 뚫고 들어간 한수풀 해녀학교 5기(2012년) 동기생들이었다. 60명 동기(남자 10명)들 중 일부가 자주 어울려 놀았는데 그중에서도 마지막까지 남은 게 자기들이란다. 이들을 소개하자면 이렇다.

남자 1. 강민석(일명 브루스. 39세. 제주 출신). 다섯 명 중 최연장자. 본디 제주도 한림항 근처에서 태어났지만 9살 때 서울로 올라가서 더 오랜 세월을 보내다가 몇 년 전 귀향한 '경계인'이다. 홍익대에서 서양화를 전공했지만, 웹툰 작가 '메가쇼킹'과 쫄깃센터를 만드느라 목공일까지 배웠다.

남자 2. 김승완(34세. 부산 출신). 영상 작가. 서귀포시에 놀러 왔다가 스킨 스쿠버에 푹 빠져서 아예 눌러살기로 작정했다. 이 집단에서는 '매니저'로 통한다.

여자 1. 최윤아(36세. 삼척 출신). 디자이너.

여자 2. 조원희(32세. 울산 출신). 대학에서 회화를 전공했고 대학원에서는 분야를 바꾸어서 유리공예를 전공했다.

여자 3. 유로사(32세. 인천 출신). 유일하게 예술 분야 전공자가 아니지만 이 그룹의 회계를 맡고 있다.

이들의 공통점이 즉각 도출되었다. 모두 바닷가 지역 출신들이며 30대며 예술을 전공했거나 좋아한다는 것. 먹고사는 일에는 별 대책도 관심도 없는 '못 말리는 청춘'들임이 분명했다. 무엇보다도 궁금한 건 도시에서 살던 예술 전공자들이 왜 해녀학교를 지망했는지와 거기서 무엇을 느꼈는지였다.

"제주 출신이지만 어릴 적 떠나와서인지 바다가 늘 두려웠어요.

해녀학교에 다니면서 바다와 정말 친해졌어요. 이제 망설임이나 두려움 없이 바다로 들어가게 됐네요."

"바닷속에서 보면 소라, 성게가 무척 커 보여요. 그런데 물 밖으로 나와 보면 실망스러울 정도로 엄청 작아요. 해녀들이 대단하다는 생각이 들 수밖에 없지요."

"처음에는 욕심 나는 물건이 내 숨 길이보다 깊은 곳에 있을 때 갈등을 느꼈어요. 이제는 욕심 내지 말아야지 하는 생각이 자연스레 듭니다."

"다른 운동은 하나도 못하고 오로지 수영만 할 줄 알아요. 하지만 실내 수영이었기에 바다 수영을 잘해보고 싶어서 해녀학교에 지원했어요. 해녀학교에서 수영을 배운 뒤로는 공포와 두려움 없이 바다에 들어갈 수 있게 되었어요."

하지만 더 이상 얘기는 진척되지 않았다. 주머니가 가난한 예술가들이 불판 위에 놓인 닭갈비를 걸신들린 듯 탐하는 바람에. 후에 중산간 마을인 봉성리에 있다는 이들의 공동작업장에 놀러가 현장도 둘러

보고 못다 한 이야기를 나누기로 했다.

중산간 마을에서 바다를 꿈꾸다

그들을 만나러 길을 나선 건 계절이 바뀐 그해 12월 중순, 제주에서는 보기 드물게 쌉싸름한 날이었다. 중산간 마을 봉성리에 도착할 즈음엔 희끗희끗한 눈발까지 날리기 시작했다. 주소만 찍고 출발한 터라 동행한 사진작가 강길순 언니와 작은 마을을 빙빙 돌면서 헷갈려 하던 중, 눈 밝은 길순 언니가 소리쳤다. "아, 저기 같아! 이름도 '반짝반짝 지구상회', 좀 특이하잖아." 제주로 내려온 예술가들 대부분이 그렇듯이 오래된 시골집을 개조했으려니 하고 마을 집들만 두리번거린 게 잘못이었다. 꽤나 규모가 큰 창고가 그들의 작업 공간이었다. 닫힌 철문을 두들겼더니 한 여자가 빼꼼 얼굴을 내밀었다. 5인방 중 한 명이었다.

안으로 들어가니 높은 천장과 확 트인 공간이 나타났다. 마을과 농협이 함께 운영하던 감귤 창고였는데 마을 사람들이 브로콜리와 양배추 농사로 돌아서는 바람에 비어 있던 것을 이들이 2013년에 임대했단다.

왕년의 감귤 창고는 현대식 부엌 공간, 편백나무로 사방을 마감한 전시실, 갖가지 연장이 들어찬 목공방, 가마를 들여놓은 작업장 등으로 완벽하게 변신해 있었다. 나무 장작을 때는 무쇠난로 옆에서 지난가을 서귀포에서의 이야기를 이어갔다.

바다 쓰레기를 주워서 작품을 만들겠다는 아이디어는 대체 어디서 나온 걸까? 독수리 오형제 중 가장 입담이 좋은 원희씨가 입을 열었다.

"해녀학교에서는 가까운 바다에서 실습을 해요. 깊은 바다가 아니라 전복이나 소라 같은 게 드물어서 잠수할 때 목표물이 별로 없거든요. 어느 날 누가 해산물 대신 음료수 캔 몇 개를 건져서 올라온 거예요. 목표물도 되고, 바다 청소도 되고, 일타쌍피라면서요. 웃어넘겼지만 생각해보니 일리 있는 말이잖아요."

몇몇이 따라 하다가, 그해 추석 고향에 못 간 '육짓것'들끼리 우도에 들어가기로 했다. 본격적으로 바다 청소를 할 작정으로 마대 포대 10개를 준비했다. 비양도 앞바다에 들어간 지 30분도 안 되어서 그 포대를 다 채웠다. 아직도 수중에는 쓰레기가 널려 있었지만 그들은 작업을 마칠 수밖에 없었다. 찜찜했다.

"해녀학교는 졸업했지만 제주도에 더 머물고 싶다는 생각을 다들 하고 있었어요. 이 바다 쓰레기를 우리의 작업과도 연결시키고, 점점 심각해지는 해양 오염에 대한 사람들의 관심을 끌어낼 방법이 없을까, 얘기를 나누었죠. 그러다가 바다 쓰레기로 작품을 만들자고 결론이 났어요."

작업 공간을 확보한 5인방은 틈만 나면 바닷가로 나가 해양 쓰레기를 주워서 재료를 확보하고, 각자의 특기를 살려 '쓰레기를 보석으로' 변신시키고, 제주 곳곳에서 펼쳐지는 난장을 돌아다니면서 자신들의 작업을 알리기 시작했다. 돈 개념이 별로 없는 이들이지만, 목표만큼은 확실했다. "빚은 지지 말자." 아직까지는 빚은 안 얻었으니, 이만하면 성공 아니냐고 반문한다.

5인방이 자기 작품만 만드는 건 아니다. 해양 쓰레기 문제를 널리 알리기 위해 2014년 여름 한 달 동안 '비치 코밍(바다 위를 떠다니다가 해안선과 조류의 방향에 따라 해변에 표류하게 된 물건을 줍는 행위)' 워크숍을 몇 차례 열었다. 인터넷 공모로 선정된 전국의 작가들과 일반인들이 어울려서 사계, 함덕, 곽지, 중문 주상절리 해안가에 떠밀려온 바다 쓰레기를 주운 뒤 이 쓰레기로 음악을 연주하기도 하고, 춤을 추기도 하고, 노래를 부르기도 했다.

우리가 찾아간 날 창고 전시실에서는 '2014 반짝이는 바라던 바다–바다 쓰레기 주얼리전–1'이 열리는 중이었다. 이 세상에서 단 하나밖에 없는 목걸이, 펜던트, 팔찌 등 금속류의 장식품이 나무 벽 사방에 소박하게 걸려 있었다. 작품들도 독특하고 아름다웠지만, 작품이 탄생하게 된 배경은 더 아름다웠다.

"해녀, 초등학생, 교사 등 워크숍에 참석했던 비치 코머 스무 명에게 어느 바닷가에서, 어떤 느낌으로 이것들을 주웠는지 사연을 적도록 해서 서울의 금속 공예가 스무 명에게 소재와 함께 전달했어요. 작가들은 여기에 자신의 상상력과 다른 소재를 가미해서 작품을 만들었구요. 이 모든 과정을 통해 해양 쓰레기 문제를 더 많은 사람들이 깨닫고 고민하기를 바라는 거지요."

해녀학교를 졸업했지만 해녀가 되지는 못한 젊은 예술가들. 5인방의 기특한 바다 사랑과 실험이 오래 지속되기를, 눈보라 속에서 봉성리를 떠나면서 마음으로 기원했다.

제주 한수풀 해녀학교

고령화로 점차 사라져가는 해녀 문화를 알리고 젊은 해녀들을 길러내기 위해 2008년 설립된 최초의 해녀학교. 매년 5월 신입생 70여 명이 16주에 걸쳐 매주 토요일마다, 안전수칙을 포함한 호흡법, 잠수법에 대한 이론과 해산물 채취 훈련 등 물질에 대한 기초 교육을 받는다.

이 학교는 2007년 제주시 주민자치 특성화사업에 한림읍 주민자치위원회가 응모한 '해녀학교 설립과 운영 사업'이 최우수로 선정되면서 시작되었으며 무료로 운영되고 있다. 미국, 호주, 캐나다 국적의 외국인을 포함해 전국 각지에서 대학교수, 작가, 만화가, 기자, 통역가 등 다양한 분야의 사람들이 이 학교를 거쳐갔다. 입소문이 나면서 해가 갈수록 경쟁률이 높아지고 있다. 현재 졸업생 가운데 20여 명이 해녀로 활동중이다.

할리와 함께한 입학식

어느 날 뜻밖의 소식을 후배 민아로부터 접했다. 법환마을에 해녀학교가 처음으로 생긴단다. 부산 출신인 민아는 제주를 좋아해서, 올레길에 반해서 제주를 풀 방구리에 쥐 드나들듯 자주 찾으면서 틈나는 대로 올레 사무국에 '재능기부'를 하는 후배였다. 평소 수영을 즐기는 그녀는 해녀에 관심이 많아서 제주시 한림 쪽에 있는 한수풀 해녀학교를 다니고 싶어 했다. 하지만 한수풀 해녀학교 서류심사에서 낙방해 상심하던 중, 지인으로부터 최신 정보를 입수한 것이었다.

법환이라면 올레 7코스의 명소로 꼽히는 법환포구에 자리 잡은 오래된 포구 마을. '잠녀 마을'로 지정됐을 만큼 해녀 문화의 뿌리가 깊은 곳이었다. 내가 사는 서귀포에서 버스로 15분이면 갈 수 있는 가까운 곳에 해녀학교가 생긴다니! 그 말을 듣는 순간, 내 머릿속에 갑자기 희망의 불이 반짝 켜지는 느낌이 들었다.

서귀포시청 홈페이지에 공고가 나오기를 기다렸다가 잽싸게 민아와 함께 입학 신청서를 제출했다. 왜 해녀학교에 입학하려 하는지를 간절하게 썼음은 물론이다. 한수풀 해녀학교와 달리 법환 해녀학교는 여자들만 모집하는 대신, 연령 제한이 없었다. 나 스스로는 아직도 젊다고 생각하지만(건강 문제로 걷기 중독자가 된 이후 내 신체 연령은 30대 때보다도 더 젊어졌기 때문에!) 객관적으로 한국 사회에서 59살은 무언가를 시작하기에는 너무 많은 나이다. 법환 해녀학교 관계자들에게 절로 감사한 마음이 들었다.

합격자 발표를 초조하게 기다렸는데 다행히도 민아와 나는 둘 다 합격했다. 역시 현대사회는 정보의 힘이 세구나, 실감하는 순간이었다. 해녀 책을 다 마무리 지을 무렵, 내가 사는 서귀포시에 해녀학교가 생기다니. 하늘에서 동아줄이 내려온 기분이었다.

입학식부터 꼬이긴 했지만

그러나 그 기적은 출발부터 꼬이기 시작했다. 홈페이지에 공고된 입학식 날짜가 하필이면 2년여 만에 열리는 올레길 3-b 코스 개장 행사와 겹치는 게 아닌가. 심지어 시간도 엇비슷해서 올레길 개장은 오전

© 법환 해녀학교

10시, 입학식은 오전 11시! 두 행사가 열리는 장소는 온평리와 법환포구. 택시로 달려도 한 시간이 넘게 걸리는 거리였다. 개장 행사를 마치자마자 차에 몸을 싣고 쌩쌩 달려도 입학식이 끝난 뒤에야 도착할까 말까 하다는 계산이 나왔다.

이성적으로 판단하자면 둘 중 하나는 포기해야만 했다. 그러나 올레 사무국의 일 년 행사 중 가장 중요한 행사를 빠질 수도 없었고, 대학을 졸업한 뒤 처음으로 들어간 학교의 입학식에 빠지기도 싫었다.

이리저리 고민하던 중 문득, 할리 데이비슨이 떠올랐다. 올레 핵심 자원봉사자인 오양록씨가 지난해 사들여서 타고 다니는 문제의 할리 데이비슨! 한 대에 오천만 원을 호가한다는, 바이크족들에게는 로망의 대상인 할리! 행사장에 할리를 타고 온 양록씨에게 "참 비싼 장난감을 사들였네요. 하여간 남자들이란 어른이 되어서도 철이 없다니까요" 라고 놀린 나였다. 그러나 양록씨는 자동차보다 빠르고 자동차 못지않은 승차감이라고 할리를 변호했다.

두 가지 행사를 동시에 참가할 수 있게 만들 유일한 교통수단, 할리다! 해녀 삼촌들도 물질이 끝나면 스쿠터나 오토바이로 이동하지 않던가. 곧바로 양록씨에게 전화를 걸어 사정을 설명한 뒤에 도움을 청했더니, 기다렸다는 듯 걱정하지 말란다. 할리라면 충분히 가능하다고.

온평포구에서 개장 행사를 마치자마자 대기하던 오토바이에 탔다. 쌩쌩 달리는 오토바이 뒷좌석에서 잔뜩 긴장했지만 제시간에 입학식장에 데려다줄 수 있는 수단이 이것뿐이니 어쩔 것인가. 마침내 법환포구에 이르렀다. 그 유명한 해녀 동상이 있는 지점이 오늘의 행사장인 듯 그곳에는 즐비한 간이의자에 사람들이 가득 앉아 있었다. 밴드까지 동원돼 바다를 배경으로 음악을 연주했고, 간신히 사람들 사이를 뚫고 행사장 빈 의자에 착석한 순간, 민아가 생글거리면서 V자를 그렸다.

막 교장선생님의 축사가 시작되는 참이었다. 날씬한 몸매에 검정 슈트 차림의 중년 여인이었다. 하도 세련된 복장이라서 공무원인가 싶었는데, 민아가 속삭인다. 해녀 삼촌이래요! 원고도 없이 축사를 하는데 연설이 유창하기 이를 데 없었다. 잠녀 마을인 법환에 해녀학교가 들어서기까지의 과정과 미래의 해녀들에게 보내는 당부에 이르기까지, 막힘없는 그녀의 연설은 '이상 끝'이라는 다소 웃기는 마무리 멘트로 끝났다.

그중 가장 인상적으로 남는 구절은 "우리의 거친 숨비소리마저도 다 전수하겠다" "해녀가 꼭 되지 않아도 좋으니 해녀의 삶을, 해녀의 문화를 잘 배우고 익혀서 널리 알려달라"는 대목이었다.

미래의 해녀를 양성하는 것이 법환 해녀학교의 목표라는 걸 알고 있었기에 해녀가 될 생각도, 될 능력도 없는 나는 적이 부담을 느끼고 있었다. 그러나 교장선생님의 말 한마디에 부담감은 싹 사라지고 사명감에 불타올랐다. 해녀 문화를, 해녀 삼촌들의 삶을 좀더 깊이 체험하고 널리 알리는 것이야말로 해녀학교의 문을 두드린 나의 목표이자 동기였으므로. '교장샘, 그건 조금이라도 해낼게요.' 속으로 다짐했다.

내 생애 최고의 선생님들

일주일 만에 다시 학교가 정식으로 열렸다. 강애심 교장샘(61세)이 첫날 슈트와는 달리 청바지 차림으로 학생들을 맞았다. 가까이에서 보니, 헐 대단한 미녀다. 또렷한 이목구비에 갸름한 턱선, 가지런한 이를 드러내면서 짓는 미소, 전형적인 제주형 미녀다. 게다가 몸매가 어찌나 날렵하고 군살이 하나도 없는지 뒤태로만 보자면 영락없는 20대 아가씨다.

교장샘이 해녀 된 사연이 궁금했는데, 마침 교장샘의 특강이 있었다. 다들 미녀라고 아우성쳤더니, 뜻밖의 대답이 돌아온다. “뭐 지금은 손주가 둘이나 있는 다 늙은 할망인데요. 하지만 젊을 때는 예쁘다는 소리를 많이 들었어요. 아가씨 때 동네 빵집에 가면 총각들이 열다섯 명쯤 줄을 섰어요. 저를 보려고요.” 학생들이 다들 뒤집어지고 박장대소 겸 환호성을 보낸다.

열아홉 살이 되던 해 그 열다섯 명 중 한 명에게 시집을 갔더란다. 같은 법환마을 부잣집 아들이었다. 한데 결혼 11년 만에 시댁의 가세가 기울기 시작했고, 시아버지와 남편이 행방이 묘연해지더니, 빚쟁이들이 집으로 몰려들었다. 부자가 도망간 곳을 대라는 그들의 성화가 무서워서 과수원 비닐하우스에 몸을 피신하기도 여러 번. 초등학교 6학년과 4학년 두 아들과 함께 살아갈 길이 막막했다.

어느 날 해녀인 시어머니가 며느리를 불러 물질을 배우라고 채근했다. 대가 센 며느리는 물질은 배운 적도 없고, 할 생각도 없노라고 도리질을 쳤다. 며느리와 시어머니 사이의 기싸움이 계속되던 중, 하루는 시어머니가 제안을 했다. 망해먹은 집안에서 며느리가 집에서 놀면 이웃들 보기에 창피하니 무조건 바닷가에 나와서 하는 시늉이라도 해라, 물건은 내가 네 망사리에 떨어뜨려줄 테니.

인물 좋은 며느리를 다른 남자들이 넘볼까봐, 또 살기 힘든 나머지 아이들 놔두고 도망가버릴까봐 시어머니가 머리를 굴린 것 같았단다. 객관적인 분석을 내세운 깨알 같은 미모 자랑! 이 대목에서 다들 빵 터졌다. 교장샘의 특기가 다시 한 번 발휘되었기에. 민아가 논평했다. '기승전 미모!'

한동안은 잠수가 엄두가 나지 않아서 물 근처에서 시어머니를 기다리기만 했다. 약속대로 시어머니는 소라며 해삼을 며느리의 망사리에 던져넣었고, 며느리는 그것을 팔아서 먹고 싶은 걸 사먹거나 아이들 학원비로 썼다.

"그게 너무 좋은 거예요. 절대 다른 돈은 안 주는데 물건 판 돈은 제가 어디에 쓰든 간섭을 안 하니까. 그러다가 내가 직접 잡아보자는 생각이 들었어요. 그때부터 본격적으로 물질을 배웠지요. 시어머니나 시누이나 동네 최고 상군이라서 지기가 싫더라고요. 그러다 보니 어느 순간부터 제가 상군이 되어 있었어요. 물건에는 욕심을 내면 안 돼요. 하지만 배우는 데에는 욕심을 내야 합니다."

과연 교장샘다운 말씀이었다.

시어머니의 강요로 시작한 물질이었지만, 특유의 승부 기질 덕분에 이내 두각을 나타낸 그녀. 뛰어난 물질 실력에 남다른 언변까지 갖춘지라 해녀들의 지도자로 떠올랐다. 해녀 대표는 물론 전국 최초로 수협의 이사로 등재될 만큼. 그사이 일본으로 야반도주를 감행했던 시아버지와 남편은 약간의 사업자금을 모아 한국으로 되돌아왔고, 남편은 서귀포에 제법 규모가 큰 파이프 가게를 차렸다. 비닐하우스 호황을 타고 파이프는 날개 돋친 듯 팔려나갔다.

"큰 집도 짓고 별장도 사고 여행도 다니면서 떵떵거리고 살았어요. 당연히 해녀도 그만뒀어요. 그러다가 다시 싹 망해먹었어요. 다시 고향으로 돌아와서 해녀가 됐지요. 벌 만큼 벌어도 봤고 쓸 만큼 쓰기도 했으니, 돈에 미련이 없어요. 물질해서 자식 둘을 선생과 공무원으로 만들었으니 이만하면 됐다 싶어요."

출발이 늦은 자기도 이만큼 되었으니 여러분도 늦었다고 생각하지 말고 열심히 해서 상군 해녀가 되라고 독려했다. 대부분 어린 나이에 동네 바닷가에서 자연스레 물질을 익히고 15살 전후에 정식 해녀가 되는 게 제주 여자들의 해녀 입문 코스다. 늦어서야 물질을 시작한 그녀의 입지전적인 이야기는 젊은 해녀 지망생들에게 가슴 설레는 성공 스토리가 아닐 수 없다. 육지에서 내려온 젊은 처자들의 눈빛이 초롱초롱해진다.

선크림 혁명을 일으키다

갑자기 좌중에서 엉뚱한 질문이 나왔다. "해녀들은 햇빛에 너무 노출이 많이 돼서 피부가 상하기 쉬운데 교장샘은 왜 그렇게 피부가 좋아요?" 역시 젊은 여성들답게 해녀 일은 하고 싶은데 피부가 거칠어지고 검어질세라 두려운 모양이다.

교장샘이 기다렸다는 듯 말을 이어나갔다. "우리 동네 해녀들은 대부분 화장품을 안 발라요. 저희 시어머니도 평생 화장품이라고는 몰랐어요. 하지만 저는 스킨 로션은 물론이고 탈까봐 꼭 파운데이션을 바르고 물에 들어갔어요. 그런 저를 보고 시어머니는 멋을 부린다고, 동네 사람들이 수군거린다고 막 구박하고 잔소리를 했지요. 그래도 전 꿋꿋하게 계속 발랐어요. 내 미모가 중요하니까요." 좌중에 또 웃음바다가 출렁인다.

그러던 중 선크림이라는 신기한 물건을 접하게 됐더란다. 자외선을 차단하니 피부암도 예방하고 파운데이션을 굳이 바르지 않아도 되니 일석이조였다. 그날부터 선크림을 바르기 시작했고, 동네 삼촌에게 일부러 선크림을 덜어서 발라주었다. 선크림에 우호적인 우군을 형성하려는 의도에서 말이다. "한 사람이 좋다고 하니 화장품이라면 질색하던 해녀들이 하나둘씩 바르기 시작했어요. 제가 한마디로 우리 동네에

선크림 혁명을 일으킨 거죠."

선크림 혁명! 그렇다. 거창한 이념과 체제에 관련된 것만 혁명인가. 일상의 소소한, 그러나 당사자들의 삶에는 매우 중요한 프레임을 바꾸는 것 또한 혁명이다. 햇빛에 늘 노출되어 사는 해녀들에게 자외선을 차단하고 피부를 보호하는 선크림을 바르게 만든 것, 그 또한 혁명이리라.

교장샘의 두 번째 혁명

해녀학교 개교 또한 법환마을에서는 혁명이나 다름없었다. '잠녀마을'로 지정된 뒤 이 마을에 이런저런 사업들이 시행되는 과정에서 마을 사람들은 행정에 대해 강한 불신을 갖게 되었다.

올레꾼들이 질색하는, 법환 바닷가에 썰렁하게 들어선 콘크리트 수조 같은 해녀 체험장이 대표적인 사례였다. 태풍이 심한 이 바닷가의 지형을 고려하지 않고 지어진 체험장은 현무암 바닷가의 풍광을 해칠 뿐더러, 큰 바람만 한 번 불고 나면 먼바다에서 밀려든 쓰레기로 가득했다. 운영이 제대로 되지 않는 체험장에 가득 찬 쓰레기를 치워야 하는 것도 해녀들의 몫이었다. 잠녀회관도 처음 설계와는 달리 지어져서 비 오는 날이면 당번제로 회관에 나와 양동이와 쓰레받기로 물을 퍼내야만 했다.

"행정에 가뜩이나 불신과 불만이 많던 터에 여자 시장인 현을생 시장님이 해녀학교를 운영해보자고 제안하니 마을 어른들이고 해녀들이고 다들 반대했어요. 제가 나서서 하나하나 설득을 했죠. 믿고 해보자고, 해녀들 이대로 사라져선 안 되지 않느냐고, 젊은 해녀들 길러내자고 말입니다."

때로는 심각하고, 때로는 폭소를 유발하는 특강을 한 뒤 교장샘은 단아한 차렷 자세로 우리의 인사를 받았다. "잘 들었습니다" "잘하겠습니다" 우레와 같은 박수갈채가 쏟아졌다.

학교 공부하듯 물질도 부지런히 해야

해녀학교에는 일제하 조선총독부의 물질, 해녀 노동요와 굿, 유네스코 등재 등등 그 분야의 전문가들이 진행하는 여러 이론 교육이 있었다. 그러나 해녀학교의 핵심은 뭐니뭐니 해도 물질 교육. 법환 어촌계의 해녀 20명이 번갈아가면서 해녀 1인이 한 조씩 맡아서 직접 지도를 해주는 방식이란다. 1대 5 혹은 1대 6의 교육이었다.

물질 수업은 준비 과정부터 어려웠다. 고무옷을 입는 건 무척이나 어려운 일이었다. 위아래가 붙어 있는 슈트를 절반으로 접어서 하반신부터 끼워넣은 뒤 다시 상반신을 입는 방식인데, 이게 생각보다 어려웠다. 학생들 사이에서는 '끙끙' 신음소리가 새어나왔다. 옷을 다 입고 나면 고무 모자를 뒤집어써야 하는데 어찌나 꽉 죄는지 얼굴 살이 다 튀어나올 것 같았다. 여기에 고무옷의 부력을 떨어뜨려 몸을 가라앉게 해줄 납덩이를 본인 몸무게의 10분의 1 수준으로 허리에 둘러야만 한다. 거기에 해녀들의 생명줄 테왁과 해산물 채취에 필요한 호갱이와 '물안경'까지 다 챙겨야 드디어 준비 완료였다!

해녀의 집 앞으로 집합한 학생들은 준비만으로도 지친 표정이 역력했다. 누군가 말했다. "아침 만원 지하철에 시달리면서 헉헉거리다가 사무실 책상에 앉은 기분이에요. 하루 일과 시작하기도 전에 지쳐버리는 거 있죠." 도시에서 살면서 그런 경험을 해본 몇몇이 "맞아요, 맞아"라며 박장대소를 했다.

저 멀리서 완전 군장을 하고 걸어오는 해녀들이 보였다. 우리가 갓

입소한 신병이라면, 그들은 고참 특무상사라고나 할까. 위풍당당하게 걸어온 그녀들이 각 조 앞에 한 명씩 섰다. 6,70대인 그녀들은 얼굴 생김새나 인상은 저마다 달랐지만 몸매가 다 드러나는 고무옷 속에서도 군살 하나 없는 날씬한 몸매의 소유자들이었다. 해녀학교 프로그램 전반을 총괄하는, 육지 출신이면서 대학에서 강의를 하는 조남용 교감선생님은 우리에게 미리 신신당부를 해놓은 터였다. "해녀학교 교사들은 여러분에게 어디까지나 선생님입니다. 반드시 호칭은 선생님으로 통일하시기를 부탁드립니다." 당근 선생님이구 말구요. 그 분야의 전문가일 뿐더러, 생명을 책임지는 분인데요!

각 조를 맡은 선생님의 이름을 소개받고, 선생님께 배꼽 인사를 공손히 드린 뒤, 각자 자기의 일일 교사 뒤를 따라 유순한 양처럼 바닷가로 걸어내려갔다. 때마침 이 광경을 목격한 관광객들과 올레꾼들이 멀리서, 가까이에서 사진기를 들이댔다. 흥분과 두려움으로 가슴이 쿵쾅거리는 순간이었다.

해녀학교에서는 이 첫 수업부터 마지막 수업까지 세 명의 선생님을 만났다. 얼굴도, 나이도, 성격도 저마다 달랐고 수업 방식도 저마다 달랐다. 그러나 또렷한 공통점이 있었으니, 한결같이 초등학교 선생님 스타일이라는 것이었다. 우리를 마치 아이들 다루듯 조심스레 대했고 표준말을 완벽하게 구사했으며(간혹 물질에 관한 자세한 요령을 얘기하거나 급한 상황일 때 제주어가 튀어나오긴 했지만!), 각자의 방식대로 수업에 최선을 다했다.

쑥으로 수경을 닦고

첫 선생님은 인자한 스타일이었다. "자, 이리로 나를 따라오세요" 하더니 물에 들어가기 전에 먼저 수경을 닦자고 했다. 본인이 가져온 쑥에 물을 묻히더니 손수 학생들의 수경을 닦은 뒤 바닷물에 휘휘 저어 헹궈냈다. 불현듯 기억의 지층에 묻혀 있던 초등학교 1학년 담임선생님이 생각났다. 가슴팍에 매달린 손수건으로 내 콧물을 닦아주시던, 임말량 선생님! 6,70대 해녀 삼촌들은 초등학교를 겨우 마친 경우가 대부분이니 선생님에 관한 기억은 초등학교에서 멈추었을 게 분명했다.

선생님은 "괜찮다, 괜찮다, 들어와봐" 하면서 우리를 물속으로 이끌었다. 우리 '물반' 학생들은 어미 오리를 따라가는 아기 오리떼처럼 선생님을 따라 들어갔다. 물속에서 얼굴을 내민 채 고무옷의 힘을 빌려 둥둥 떠다녔다. 바닷가 입구인데도 발이 닿지 않는 걸 보면 우리 키를 훌쩍 넘어선 듯했다. 고무옷의 위력을 믿으면서, 선생님을 믿으면서 함께 떠 있었다. 몇 분이나 흘렀을까. 두려워했던 '진짜 물질'이 시작됐다.

수직 입수였다! 선행 학습 시간에 교감선생님이 가르쳐준 그 무시무시한 수직 입수! 엉덩이를 머리보다 높게 쳐들고 머리를 바다에 들이박고 양팔 양손을 모아서 인사하듯 물속에 들어가면, 수직으로 깊이 내려갈 수 있다고 했다.

해녀 선생님은 시범을 직접 보이면서 학생들을 한 명씩 지도했다. 수직 입수가 제대로 안 될 때마다 학생들이 제각기 지닌 문제를 찾아냈다. "머리에 모자를 쓰지 않았구나. 잠수할 때 차이가 많이 난다." "양말을 신지 않았구나. 그러면 오리발이 자꾸 빠지니까 다리에 필요 없는 힘이 더 들어가지." "납이 적구나. 하나 정도는 더 달아야 깊이 들어가지." "내려갈 때는 두 발을 묶는 것처럼 한 번에 크게, 바닷속으로 내려간 뒤에는 천천히 한 발씩 움직여봐." "조금씩 더 내려간다는 생각으로 바닥에 손을 짚어보고 올라와도 좋아." 선생님의 맞춤형 개별 지도에 학생들은 조금씩 나아지기 시작했다.

칭찬은 인어를 춤추게 한다

두 번째 선생님은 그야말로 '칭찬쟁이 샘'이었다. 첫 인사 때부터 싱글벙글. 물속으로 우리를 데리고 간 뒤 조원들에게 수직 입수를 시켜보더니, 연방 칭찬 일색이었다. “아이고 잘한다.” “정말 잘한다.” “우리 조 최고다.” 등등. 급기야는 “야, 나보다도 더 숨이 길다.” “우리 동네 00 어멍보다 더 낫다.” “당장 물질해도 되키여”라는 극찬까지 쏟아냈다. 학생들은 어리둥절해서 “정말 잘해요? 제가요?”라면서 난리가 났다. 프로 해녀의 칭찬에 힘입어서 학생들은 바닷속을 유영했다. 수직으로 내려간 뒤에 선생님을 따라서 이리저리 바위틈을 뒤집고 다니고, 다시 힘차게 올라왔다.

인어가 따로 없었다. 인어 선생님과 인어 학생들! 칭찬은 고래도 춤추게 한다더니, 젊은 인어들을 춤추게 했다. 나는 인어들의 군무를 물속으로 들여다보는 목격자이자, 갑자기 흥분하면 제주어가 튀어나오는 선생님의 말을 통역하는 통역자이자, 얕은 물속에서 깊이 잠수하는 동료 학생들의 동작을 품평해주는 비평가였다.

마지막 선생님은 대단한 기획 연출가였다. 나를 빼놓고는 학생들이 수직 입수와 유영을 능숙하게 하는 걸 확인한 선생님은 먼바다로 학생들을 이끌고 나아갔다. 저마다 테왁을 붙들게 하고 한 줄로 나란히 멀리 멀리. 그 모습이 어찌나 눈물나게 아름답던지 나도 따라가고 싶은 충동이 일 정도였다. 그러나 몸을 둥둥 뜨게 해주는 고무옷과 테왁조차도 먼바다의 깊은 수심을 향한 나의 공포심을 막지는 못했다. 선생님은 갯바위 근처에 머무는 내 귀에도 선명하게 들릴 만큼 큰 소리로 '이어도 사나'를 선창했고, 학생들은 후렴구를 열심히 불렀다.

부러운 표정으로 그 광경을 보고 있는데 성격 좋은 '올리브 유'가 소리치며 나를 불렀다. "언니도 이리 와서 같이 해요! 넘 재미있어요!" 언니라는 호칭에 급 감동을 받았다. 이 나이에 저런 젊은 처자들에게 언니 소리를 어디에서 들을 건가. 나도 모르게 몸이 움직였다. 고무 슈트와 테왁이 나를 지켜줄 거야. 게다가 선생님도 있고 학생들도 있고, 가까이에서 교감과 조교가 지키고 있잖아.

그런 마음으로 나는 이미 바다를 향해 나아가고 있었다. 우리 조원들이 환호성을 질렀다. '물반' 최고의 지진아가 바다로 나왔으니 그럴 만도 했다. 갑자기 바다 한가운데에서 선생님은 학생들에게 둥그렇게 원을 그리도록 했다. 테왁으로 완성되는 동그란 원! 한 폭의 그림 같은 풍경이었다. 선생님은 갯바위에서 지켜보는 해녀학교 이은숙 사무국장에게 사진을 찍으라고 외쳤다. 그러나 거기까지였다. 때마침 물안경이 흘러내렸고, 갑자기 잊고 있던 깊은 바다를 향한 공포가 엄습했다. 서둘러 같은 조원에게 SOS를 보냈더니 그녀는 나를 침착하게 이끌어 다시 갯바위로 데려다주었다.

수업이 끝날 즈음에 한 학생이 물었다. "선생님은 어떻게 그렇게 물질을 잘하세요?" 선생님이 대답했다. "학교 공부 매일매일 해야 잘하

죠? 물질도 마찬가지예요. 매일매일 해야 늘지, 며칠이라도 쉬면 우리도 다시 퇴보해. 그저 열심히 자꾸자꾸 연습해야 해."

인자한 초등학교 선생님 같기도 하고 한 분야의 전문가라는 측면에서는 대학교수나 다름없는 해녀학교 교사들은 내 평생 만난 교사들 중 최고였다. 비록 나는 가장 배움이 늦된 지진아 학생이었지만.

유쾌 상쾌 통쾌한 예비 해녀들

입학식에는 참석만 하고 부리나케 줄행랑을 친 바람에, 첫 수업에서야 동료 학생들을 제대로 대면하게 되었다. 그런데 깜짝 놀라지 않을 수 없었다. 내가 최고령이라는 건 충분히 예상 가능한 일이었지만, 이렇게나 젊은 여자들이 많을 줄이야. 게다가 삼삼오오 모여서 이야기를 하는 걸 얼핏 들으니 육지 출신들도 꽤 많은 듯했다. 모두 서른 명이었다. 이들의 표정에는 새로운 일에 도전한다는 흥분과 설렘이 가득했다.

때마침 제주를 주 무대로 한 텔레비전 방송 드라마 〈맨도롱 또똣〉에서는 외국인까지 가세한 해녀학교 장면도 자주 나오고 있었다. 드라마와는 달리 법환 해녀학교에는 비록 외국인은 없었지만, 젊은 여성들이 이렇듯 많이 몰려들었다는 건 해녀가 사멸화되는 게 아니라 다시 부흥할 여지가 있음을 말해주는 산 증거라는 생각이 들었다. 숫기가 없는 나로서는 그들의 끝없는 수다에 동참하지 못한 채 첫 주말을 뻘쭘하게 보냈지만, 시간이 흐르면서 그들의 사연과 인적사항을 어느 정도는 파악하게 되었다.

제주 출신 여자들은 동쪽 끝 성산포에서부터 신풍리, 남원리, 서귀포, 모슬포까지 한마디로 올레 1코스부터 11코스까지 서귀포시 전역에서 살고 있는 이들이었다. 그중 두어 명은 내 초등학교 후배거나 지인이었지만, 대부분 초면이었다. 제주 여자들답게 이미 어릴 때부터 물질을 해본 이들이 많았고, 그중 두어 명은 사실상 해녀나 다름없는 프로급 기량을 가진 이들이었다. 새로이 물질을 배우기보다는 이 학교를 졸업하면 정식 해녀가 될 수도 있다는 기대 때문에 학교에 입학한 듯했다(실제로 법환 해녀학교는 물질 교육과 체험까지만 있는 한수풀 해녀학교와는 달리, 서귀포 관내 마을 어촌계와 협력해서 원하는 졸업생은 인턴 등을 거쳐 정식 해녀가 될 수 있도록 제도적 지원을 한다고 공지했다).

개성 만점 해녀 학생들이 모이다

내 주된 관심은 육지에서 온 젊고 젊은 여자들이었다. 대체 이들은 어떤 동기에서 해녀학교를 지원했을까. 정말 해녀가 되고 싶은 걸까, 이색적인 체험을 하고픈 걸까. 그들은 왜 도시를 떠나 이곳으로 내려온

mares

걸까. 아직 도시에서 산다면 주말마다 비행기를 타고 내려와야 하는 이 학교를 왜 그토록 많은 경비를 들여가면서 지원한 걸까?

우선 우리 조부터 탐색에 들어갔다. 눈에 확 뜨이는 여자가 있었다. 키가 170센티미터도 넘어 보이는 후리후리한 체격에 개성 있는 외모의 소유자. 성격도 활달하고 늘 웃는 얼굴이어서 말 걸기가 수월했다. 학생들은 그녀를 '올리브 유'라고 불렀다. 만화영화 뽀빠이에 나오는 올리브처럼 키가 크고 깡말라서 붙여준 별명이란다. 꽤나 어울리는 작명이다 싶었다.

서울의 한 대학에서 조소를 전공했고, 같은 조소를 전공한 1년 후배인 남자친구와 제주 표선에서 창고를 개조해 작업장을 겸한 집을 꾸몄단다. 작품 활동만으로는 도저히 생계를 꾸릴 수 없어 이것저것 닥치는 대로 '알바'를 하고 있다는 그녀는 앞으로는 해녀와 작품 활동을 겸하는 게 꿈이라고 말했다. 실제로 그녀의 물질 실력은 나날이 향상되어서 졸업할 무렵에는 선생님으로부터 '우리 동네 00어멍보다 낫다'는 칭찬을 듣기도 했으니, 그 꿈이 실현될지도 모르겠다.

우리 조의 조장을 맡은 자영씨는 29살의 뛰어난 미모의 소유자. 학교가 있는 법환마을에 이주해온 3년 차 제주도민이었다. 제주 생활에 대한 소감을 물었더니 신혼여행을 3년째 하고 있는 기분이란다. 어릴 적 서해 외도에서 자랐기 때문에 엄마를 따라서 바다에서 놀았던 기억이 많다고 했다. 그래서인지 처음부터 수직 입수를 척척 해내서 주변의 부러움을 샀지만, 주위로부터 선망의 대상이 된 이유는 따로 있었다. 그녀의 꽃미남 남편은 수업 때마다 동행했을 뿐더러, '바다 체험'을 신청해 법환 바당에서 함께 스노쿨링을 했다. 먼발치에서 자영씨를 애틋하고 대견한 눈빛으로 바라보는 그녀의 남편을 보면서 아줌마들이 다들 부러워했음은 물론이다. 해녀학교 수업 막바지 즈음에 자영씨는 임신을 해서 그토록 좋아하는 바다에 들어가지 못했지만, 졸업식 때 동료 학생들에게 케이크와 축하 세례를 받았다.

생글이 총무님, 고무신을 디자인하다

5개 조의 조장 중에서도 총무로 뽑힌 진희씨는 궂은일을 도맡아 하면서도 늘 생글거리는 표정이어서 '생글이 총무'로 불렸다. 그녀는 남편과 4살 난 딸과 함께 모슬포에 정착한 이주민 가족이었다. 2011년 신혼 때 도시생활에 지친 남편과 그녀는 제주로 여행을 왔다가 정착을 결심했다. 이주 직후에는 잠깐 펜션도 운영했는데, 갯바위 낚시를 좋아하는 남편이 숙박객들의 바다 낚시에 도움을 주면서 아예 지금은 여행객들을 상대로 낚시배를 운영하는 쪽으로 업종을 바꾸었다. 이 이야기를 들은 학생들은 '선주의 아내'라고 다들 부러워했다.

그녀는 제주 생활의 만족도를 10점 만점에 8.5점을 주고 싶다고 했다. 자연이 너무나 아름답고 아이가 그런 자연 속에서 맘껏 뛰어놀게 되어서 참으로 만족스럽지만, 문화 혜택이 부족하고 아이가 아프거나 무슨 일이 생겨도 육지에 계신 부모님으로부터 도움을 받을 수 없는 점은 매우 아쉽단다. 자고로 '물 좋고 정자 좋은 곳은 없다'는 옛말처럼 모든 걸 다 누릴 수 있는 파라다이스는 없는 법이다. 인생의 방점을 어디에 찍느냐가 문제일 뿐.

어느 날부터인가 해녀학교에 '고무신 열풍'이 불었다. 검정 고무신은 '굴턱굴턱'한 현무암 바윗길을 걸어내려가 작업장인 바다로 나아가는 데 가장 적합한 신발. 해녀 삼촌들이 애용하는 것도 이 때문이다. 문제는 젊은 여성들이 신기에는 촌스럽고 투박해 보인다는 점. 한데 누군가가 검정 고무신에 작은 꽃과 곤충을 디자인해서 신고 다니기 시작했다. '패션 고무신'이 등장하면서 너도 나도 그녀에게 자기도 만들어달라고 부탁했다. 고무신 열풍을 타고 당사자인 은주씨는 해녀학교에서 '고무신 디자이너'로 등극했다.

패셔니스타로서의 그녀의 면모는 여기에서 그치지 않았다. 하루는 그녀가 귀여운 미키 마우스풍의 고무 모자를 쓰고 나타났다. 얼굴 안면을 온통 짓누르는 투박한 고무 모자가 패션 소품으로 변신하는 순간이었다. 그녀가 정식 해녀가 되고 패션의 새 물결을 따라잡는 젊은 해녀들이 대거 해녀로 진출한다면, 제주 바닷가의 풍경도 많이 달라질 것 같다는 생각이 들었다. 30대 초반으로 보이는 그녀의 나이는 알고 보니 무려 50대 초반이었다. 해녀학교 젊은 친구들 중에는 나이보다 대여섯은 어려 보이는 동안녀들이 많았지만, 그중에서도 그녀는 최강 동안이었다.

하루는 예쁘장한 외모의 한 여성이 내게 다가왔다. 수줍게 내가 쓴 책 세 권을 내밀면서 사인을 부탁했다. 전소영(37세)이었다. 프리다이버인 남편과 제주에 정착해서 귤 농사도 짓고 자신도 프리다이빙을 즐긴다고 했다. 아니나 다를까, 전소영은 물질 수영 때 펄펄 날았다.

그 밖에도 해녀학교에는 개성 강한 여자들이 많았다. 지게차, 도배, 타일 등 전문 분야의 자격증을 여럿 가진 공부방을 운영하는 수학 선생님이 있는가 하면, 설문대 할망 문화센터에서 카페를 운영하면서 해녀를 주제로 한 자수 작품에 열중하는 숨은 예술가도 있었다. 자기소개 시간에 "나는 정말이지 물에 꼭 맞는 사람이다. 제주로 내려온 이유는 바다와 더불어 안빈낙도의 삶을 실현하기 위해서다. 그러나 안빈낙도조차 결코 쉽지는 않더라"며 유쾌한 입담으로 좌중을 뒤집어지게 만든 혜연씨도 기억에 남는 학생이다. 영어 해설사로도 일했었다니 해

© 법환 해녀학교

녀가 된다면, 외국 언론사의 인터뷰도 척척 해낼 재주꾼인 셈이다.

오랫동안 알고 지내던 후배 민아는 해녀학교에서 새로운 모습으로 내게 다가왔다. 마지막 물질 수업 날 기량 평가가 있었다. 오전 중의 평가시험을 포기하고 일부러 뒤늦게야 오후 물질이라도 하려고 교육장소에 나갔더니, 민아의 볼이 잔뜩 부어올라 있었다. 내가 인사를 하는데도 뚱한 표정으로 받는 둥 마는 둥했다. '5미터 수중으로 내려가서 5초 동안 숨 참기' 시험에서 보류 판정을 받았다는 것이었다. 아니, 해녀가 될 것도 아니면서 뭘 그래, 위로를 했더니 급기야는 화를 냈다. "정말 열심히 했다고요, 근데 왜 보류냐고요! 도무지 납득이 안 돼서 그래요."

그럴 만도 하다 싶었다. 근무지 울산에는 제주행 비행기 편이 드물어서 매 주말 자동차를 끌고 김해 공항에서 제주 공항으로, 다시 서귀포로 와서 주말 해녀학교를 다니기를 두 달여. 물질 수업 때마다 민아는 단 한 번도 물 밖으로 나와서 쉬는 적이 없었다. 오죽하면 칭찬쟁이 샘이 '이 아이는 앞으로 잘할 아이'라고 했겠는가. 민아는 '대기만성할 아이라는 뜻'이라고 해석하면서 좋아라 했다.

결국 민아는 오후 수업 때 교감선생님께 재심사를 요청해서 마침내 합격 판정을 받아냈다. 마치 대학입시에 합격했다는 통보를 받은 여학생처럼 어찌나 좋아하던지. 민아가 그토록 승부욕이 강한 줄 몰랐기에 비로소 기분이 풀려서 배시시 웃는 그녀에게 물었다. “해녀가 될 것도 아니면서 왜 그리 평가에 집착한 거야?” 민아가 대답했다. “선배가 어떻게 알아요? 제가 해녀가 될지 말지.” 바다의 매력에, 물질의 매력에 단단히 빠져든 모양이다. 브라보! 대기만성!

그러나 이렇듯 자기 색깔이 뚜렷하고 주관이 분명한 신세대 여성들도 해녀 선생님들 앞에서는 순하디 순한 어린 양으로 돌변했고, 시간이 흐를수록 스스로의 체험을 통해 해녀의 삶을 조금씩 이해해가는 눈치였다. 한 젊은 여성이 해녀학교의 모바일 모임인 밴드에 올린 글은 그 단적인 증거였다.

> “생리 때문에 물에 들어가지 못한 날, 해녀 삼촌들을 도와서 성게를 깐 적이 있다. 손가락을 다 긁혀가면서 성게 몇 개를 까야 티스푼 하나를 채울까 말까였다. 하루는 음식점에 갔는데 해녀학교 다니느라고 수고했다고 옆사람이 내 물회 그릇에 성게를 듬뿍 얹어주었다. 너무나 아까워서 물회에 풀어먹지 못하고 호로록 입안으로 삼켰다.”

2,30대 육지 학생들과 6,70대 제주 선생님은 진심으로 서로를 존중하고 아꼈지만, 세대와 언어 차이 때문에 웃지 못할 일도 많았다.

"샘, 이케요(선생님, 이렇게 해요)?"라고 묻는 학생에게 "뭐렌 고람시냐(뭐라고 하는 거니)?"라고 되묻는 선생님도 있었다. 고령의 제주해녀들은 신세대의 줄임말을 알아들을 수가 없었고 육지에서 온 젊은 처자들에게는 선생님의 느닷없는 제주 방언이 외국어처럼 들린 것이다.

해녀학교를 다니면서 누구는 해녀의 꿈을 더 단단하게 다졌노라고 했고, 누구는 생각보다 물질이 너무 힘들어서 낭만적인 꿈을 접기로 했다고 말하기도 했다. 그럼에도 30명 중에 28명이 졸업을 했고, 그 중 18명이 6개월 과정의 인턴에 지망했다. 신규 해녀들은 줄어들고 기존 해녀들은 나이가 들면서 한때 2만여 명을 넘던 제주해녀들의 숫자는 4500여 명 수준으로 줄어들었다. 그마저도 이런저런 사정으로 물질을 중단한 해녀들까지 감안하면 그 숫자는 더 줄어든다. 오죽하면 20년쯤 세월이 흐르면 해녀 유입이 중단돼서 그 명맥이 끊길 거라고 걱정하겠는가. 그런 측면에서 보자면, 해녀가 되겠다고 인턴을 자원한 이들 18명은 해녀를 지속 가능하게 하면서, 그 문화와 전통을 이어갈 '꿈나무'인 셈이다.

어촌계
성명

멀고 먼 해녀의 길,
세상에 리스크 없는 직업은 없잖아요?

그러나 모든 꿈이 그렇듯, 해녀의 꿈도 쉽게 이뤄지지는 않는다. 해녀들의 진입 장벽은 의외로 높고 견고하다. 본인의 물질 실력은 기본이지만, 기본이 갖춰지더라도 해녀들이 소속한 어촌계에서 만장일치로 동의를 받아야만 한다. 동의를 받아낸다고 해도, 가입비 또한 만만치 않다. 어촌계의 공동 재산, 어업 채취권 등 여러 요인들 때문에 가입비를 내야만 하기 때문이다. 마을에 따라 천차만별이지만, 젊은이들에게는 적지 않은 돈이다.

그런데도 이들은 여기에 도전했고, 예비 관문으로 '인턴'에 자원했다. 인턴 기간 6개월 동안 주말마다 일하면서 수당도 없고, 장비도 지급되지 않고, 인턴 기간에 작업한 물건은 개인적으로 갖고 갈 수도 없고 어촌계에 귀속시켜야만 한다. 젊은 여성들은 울상을 지으면서도 그래도 하겠단다. 참으로 '못 말리는 청춘들'이다.

그런데, 또 다른 변수마저 생겼다. 어느 마을의 해녀를 자원한 두 여자(한 여자는 제주 출신, 다른 여자는 육지 출신)가 '인턴' 문제로 그 마을 어촌계장을 만나기로 했다. 단순히 어촌계장님만 만나는 줄 알았더니 어느 민가에서 10여 명의 마을 해녀 삼촌들과 맞닥뜨렸다. 해녀 삼촌들은 속사포처럼 이런저런 질문을 숨 쉴 틈도 없이, 동시다발적으로 쏟아냈다. 그 여자들은 해녀학교 밴드에 울먹이면서 글을 써올렸다. "오늘 40여 분 동안 멘탈이 탈탈 털렸습니다. 이러고서도 해녀를 해야 할지, 우리를 거부하시는 건 아닌지."

그녀들의 열정을 생각하니 가슴이 아팠다. 해녀 삼촌들이 젊은 후배와 육지 여자들에게 좀더 마음을 여시면 좋을 텐데 싶었고, 그녀들이 이 일을 계기로 해녀의 꿈을 완전히 접으면 어떡하나 싶었다.

하지만 또 다른 반전이 기다리고 있었다. 나중에 어촌계장이 시청을 통해 두 명의 졸업생을 정식 인턴으로 받겠다는 연락을 해왔다고 했다. 그날의 사달도 해녀 삼촌들은 궁금한 걸 물어봤을 뿐인데 파도와 바람에 다져진 큰 목소리와 알아듣기 힘든 제주어로 말하는 바람에 젊은 인턴 지망생들이 지레 겁을 먹은 모양이었다.

그 뒤에 만난 한 인턴 지망생은 내게 말했다. "해녀의 길, 참 멀고 먼 길이네요. 그래도 함 그 길을 가볼래요. 너무 매력적이거든요." 내가 물었다. "대체 뭐가 그리 매력적인데?" 그녀가 이렇게 대답했다.

> "도시 생활, 직장 생활 다 해봤는데 조직의 나사못일 뿐이에요. 그것도 언제 버려질지 모르는. 근데 해녀는 달라요. 동료 해녀들과만 잘 지내면 되고, 상사가 따로 없잖아요. 다들 독립적인 자영업

자니까. 게다가 정년도 따로 없으니, 본인만 건강하면 90세가 넘도록 일할 수도 있고. 무엇보다도 자연 속에서 일하니까 정신적 육체적으로 좋고요. 물론 조심은 해야지요. 세상에 리스크 없는 직업은 없잖아요?"

환상일까, 신세대의 새로운 시각일까. 한때 죽지 못해 해온 직업, 소로 태어나지 못해 제주 여자로 태어났으니 마지못해 해온 직업이 이제는 육지나 외국에서 온 이들이 선망하는, 가고 싶은 길이 되었다. 부디 우리 해녀학교 동기생들이 인턴을 거쳐, 그들이 원하는 대로 정식 해녀가 되는 날이 찾아오기를. 그날 그녀가 잡은 소라 한 접시에 소주는 내가 쏠 테다.

또 다른 신세계,
바당올레

이쯤까지 읽은 독자들은 눈치챘겠지만, 나는 해녀학교를 졸업하는 그날까지 해녀 물질의 기본인 수직 입수를 해내지 못했다. 해녀학교의 그 어떤 노련한 교사도, 심지어는 엄격한 교관 스타일의 교감선생님도 나로 하여금 엉덩이를 가슴보다 높게 쳐들고 머리를 물속으로 내리꽂아 바다와 인사를 시키지는 못했다. 보다 못한 교감샘은 어느 날 '학습 부진아를 위한 특별 교재'라면서 굵직한 자갈돌을 가득 담은 푸대를 수업 시간에 선보였다. 수직 잠수가 안 되는 학생들은 이 돌멩이 푸대를 끌어안고 수심 깊은 곳으로 가라앉는 연습을 해보라는 것이었다. 한마디로 '수장' 아닌가.

슬슬 꽁무니를 빼는 내게 교감은 '악마의 미소'를 흘리며 다가왔다. 해보자고, 한번 해보면 의외로 쉽다고. 몸무게의 10퍼센트나 되는 납을 허리에 두르고도 깊이 가라앉지 못하는 학생들에게는 큰 도움이 된다면서. 피할 도리도, 재주도 없었다. 학교를 당장 그만두겠다면 몰라도.

그러나 학교는 재미있었고, 바다는 좋았기에, 한 가닥 기대와 더 큰 두려움을 안고서 그의 지시에 따랐다. 교감샘은 한 가지 단서를 붙였다. 바닥까지 푸대를 안고 내려간 뒤에 다시 갖고 올라와야 한다, 이걸 두고 올라오면 누가 가져올 것인가, 교감샘이 다시 이것을 수거하는 수고를 하지 않도록 반드시 갖고 올라오라고 했다.

한 번 시도하다가 불발로 그쳤다. 교감샘은 다시 하라고 했다. 눈을 질끈 감고 푸대를 꼭 끌어안고 내려갔다. 그 무게에 힘입어서 내 몸은 바닷속으로 가라앉았다. 바닥을 쳤다. 내 키의 두 배는 넘는 그 심연을 보는 순간, 교감샘의 지시사항은 까맣게 잊은 채 허겁지겁 위로 솟구쳤다. 교감샘이 내가 바닷속에 버리고 온 푸대를 가져오기 위해 다시 들어가야만 했음은 물론이다.

그나마 그날이 해녀학교 수업 중 가장 깊은 곳으로 들어가본 유일무이한 경험이었다. 필리핀 바닷가에서 공기통과 호흡기의 도움으로 수중 17미터까지 들어가본 적이 있긴 했지만(그것도 제정신이 아닌 상태에서), 오로지 내 자신의 숨만으로 내 키를 넘는 물속으로 들어가본 것은 처음이었다. 두 번이나 푸대를 물속에 버리고 올라온 내게 어지간히 깐깐한 교감샘도 손을 들었고, 웬만한 육지 여자들마저 죄다 인어로 만든 세 명의 해녀 선생님도 나만은 포기했다. 나는 매번 그녀들에게 중문해수욕장의 고통스러운 경험을 장황하게 늘어놓았고, 그때마다 선생님들은 다양한 표정과 언어로 위로하면서 수직 잠수를 면제시켜주었다. "겅허믄 못헌다게(그러면 못하지)." "겅헌디 무사 해녀학교는 들어완(그러면서 왜 해녀학교를 들어온 거야)?" "그냥 넌 근처서 놀라이." 선생님들이 시키는 대로 난 바당에서 놀기로 했다. 대신, 남보다 더 열심히.

물속에서 새롭게 발견한 제주 바당의 아름다움

그 결과 해녀학교를 가장 우스운 성적(우수한 성적이 아닌!)으로 졸업하긴 했지만, 학교를 다닌 보람만큼은 누구보다도 충만하게 느꼈다. 수직 입수를 못했다는 점에서는 절반의 실패였지만, 물속 풍경의 아름다움과 물속에서 노는 즐거움을 알게 되었고 물속에서 해녀들의 몸놀림을 직접 보게 되었다는 점에서는 절반의 성공이었다.

첫 번째 수확은 법환 바당의 아름다움을 알게 된 것이었다. 7코스 올레길은 행사가 많이 치러졌고, 올레꾼들의 최고 인기 코스였으며, 내가 사는 서귀포시와도 가까워서 26개의 올레 코스 중에서도 가장 많이 걸어본 길이었다. 그 코스의 중간쯤에서 만나는 법환 바당은 올레길이 지나는 100여 개 넘는 마을 바닷가 중에서도 가장 익숙한 바다였다. 눈

을 감고서도 그 정경을 환히 그릴 수 있을 만큼.

지금껏 내가 아는 풍경은 육지에서 본 바다 풍경일 뿐이었다. 물속은 또 다른 신세계였다. 육지와 그토록 가까운 바당인데도, 멀리서 보자면 그저 푸르른 물결뿐이었는데도, 물속에는 얼마나 기막히게 다채로운 풍경과 육지에서는 상상하기 힘든 아름다운 색채가 존재하는지.

내가 들어가본 바당은 무슨 일이 생겨도 곧바로 대피 가능한 갯바위 근처의 수심 얕은 구역이었지만, 생태계는 풍성하고 다채로웠다. 푸른 줄 노란 줄 무늬 열대어, 바위틈에 숨어 지내는 작은 장어류, 바닷속 잔물결에도 머리채를 풀고 나풀거리는 푸르른 해초류, 얕은 바다 위를 떼지어 다니는 은빛의 멸치떼와 치어류 등등. 게다가 이 모든 생태계에 서식처를 제공하는 보랏빛, 적갈색, 회색의 암반과 괴석들은 마치 거대한 보석함 같았다.

가끔은 물고기들과 눈을 마주치기도 하고, 그애들의 눈을 가만히 들여다보기도 했다. 어떤 해녀 삼촌이 해준 말이 떠올랐다. "가끔 심심허민 지나가는 큰 물고기헌티 말도 걸고 허주. 나 일햄시난 저리 확 비키라 곧기도 허곡(나 일하는 중이니 저리로 어서 비키라고 말하기도 하고)." 나도 그 삼촌의 말을 흉내 내서 물고기에게 말을 걸었다.

바닷속도 아름답지만, 바당에서 바라보는 육지 역시 얼마나 아름다운지. 올레길을 걸으면서 느끼는 아름다움과는 또 달랐다. 물속을 헤엄치다가 간혹 숨이 차면 갯바위에 기대어 한라산 방향을 바라보곤 했다. 해발 제로에서 바라보는 한라산의 위엄과 위용은 참으로 신비롭기만 했고, 산자락 밑에 옹기종기 엎어져 있는 마을은 어쩌면 그리도 아기자기하고 평화로워 보이는지. 시선을 옆으로 돌리면 섶섬, 범섬, 문섬, 새섬, 새연교가 좌르르 펼쳐졌다. 아, 아 감탄사가 절로 입안에서 터져나오는 절경이었다.

내 어릴 적 놀던 그 바닷가에, 아이들은 사라지고

법환 바닷가의 아름다움을 알게 된 나는 다른 바당이 궁금해졌다. 수업이 없는 주중에는 '자가 보충수업'을 할 겸 이곳저곳 바닷가를 전전했다. 해산물을 채취하는 본격 물질이 아닌 만큼 동네 어촌계의 허락을 받을 필요는 없었다. 그저 수영복에 물안경과 오리발만 지참한 채 외돌개 황우지 해안, 표선 동하동 해안, 자구리 해안을 돌아다녔다. 바당은 저마다 풍경이 달랐고, 생태계도 조금씩 달랐다. 올레길 모든 코스의 풍경이 다르듯. 그중에서도 나는 서귀포 자구리 해안에서 깊은 감동을 느꼈다. 켜켜이 쌓인 어린 시절 추억의 바당, 그 바당속을 처음 들여다

보게 되었기에.

이미 언급했듯이 자구리 해안은 어린 우리들의 놀이터였다. 정방폭포와 섶섬, 그리고 서귀포항이 보이는 자구리 해안은 비록 울퉁불퉁한 자갈돌이 발을 찔러서 해수욕을 하기에 그닥 적합한 곳은 아니었지만 풍경만큼은 절경인 곳이다. 그러나 우리가 그 바닷가를 자주 찾은 건 풍경 때문이 아니라 오로지 집에서 가깝기 때문이었다. 그 시절, 자구리는 아이들에게 천연 풀장이나 다름없었고, 서귀포 아이들은 그 바닷가에서 한여름 내내 놀면서 살을 새까맣게 태웠고 서로 싸우고 삐지면서 함께 놀았다.

한여름 내내, 초등학교 내내 그 바닷가에서 개헤엄을 치면서 놀았지만, 난 단 한 번도 물속을 들여다보지 못했다. 가끔 자맥질에 익숙한 친구들이 소라나 멍게를 따다주기도 했고, 수영을 잘하는 친구들은 멀리 소낭머리까지 헤엄쳐 가기도 했지만, 난 가장 가까운 바닷가에서 물장구를 치는 데 만족했었다.

그런데 해녀학교에서 배운 어설픈 물질로 자구리 얕은 물속을 유영했다. 법환처럼 멸치떼가 보이기도 했고, 바위틈에 숨은 장어류의 물고기도 보였지만, 법환과는 달리 열대어나 해초는 볼 수가 없었다. 자구리 해안을 유영하면서 열대어는 못 찾았지만, 어린 시절의 기억을 고스란히 되찾았다. 기쁘기도, 슬프기도 했다. 나이 예순이 다 되어서 다시 찾은 고향 바닷가. 재잘거리면서 물장구 치던 그 많던 아이들, 입술이 보랏빛으로 새파래지고 턱을 덜덜 떨어가면서까지 물속에 머물다가 햇살 아래서 옷을 말리던 그 친구들은 다 어디로 간 것일까.

바닷가에서 나고 자랐으면서도 바다를 두려워하던 내가 바다에 대한 두려움을 떨치고 바다를 새롭게 발견하게 된 것은 순전히 해녀 삼촌들 덕분이다. 해녀학교를 다니면서 나는 바다라는 놀라운 신세계를 접하게 되었고, 바다에서 노는 즐거움을 새삼 깨닫게 되었다.

에필로그

제주해녀, 불멸의 여신이 되다

제주 바당은 풍요로운 바당밭이자 한순간에 목숨을 앗아가는 저승이다. 제주해녀들은 이 바당을 무대로 온갖 시대의 풍랑과 풍상을 헤쳐 나왔다. 살 만하다 싶으면 역사의 격랑이, 이념 갈등의 파고가, 가정사의 소소한 파도들이 그녀들을 덮쳤다.

그러나 그녀들은 제주 바닷가에 자생하는 순비기 군락이 모래땅을 기어가면서도 목숨을 부지했듯이, 해안가의 우묵사스레피 나무가 몸을 뉘어가면서라도 꿋꿋이 버티어냈듯이, 바람과 파도를 이겨내면서 더 강하고 단단한 존재가 되었다. 살아 있으면서 여신이 되었다. 앞으로도 이 여신들은 불멸의 존재로 이어질 것인가, 머지않아 역사의 뒤안길로 사라져 '유산'으로만 남을 것인가 하는 논쟁이 이어진다.

이들의 미래를 위협하는 첫 번째 적은 점점 황폐해지는 바당이다. 전복이건 소라건 지천으로 널려 있던, 몸(모자반)과 감태가 너무 많아서 몸을 휘감아서 귀찮을 정도였던, 보말은 바구니에 주워담기만 하면 됐던 예전의 제주 바당은 나날이 황폐해졌고 바다 가뭄은 일상이 되고 말았다. 지구 온난화로 인한 백화 현상, 대규모로 들어서는 대형 리조트와 양어장 시설, 대량으로 바다로 배출되는 오염물질이 제주 바당의 생태계를 파괴하고 있기 때문이다.

하지만 그녀들은 스스로 제주 바당에 씨를 뿌려 일구면서 제주 바당을 지켜내고 있다. 적극적으로 삶을 개척하는 그녀들의 정신이 돋보이는 것이다.

바다 황폐화에 이은 또 다른 위협은 해녀들은 늙어가는데 젊은 해녀들은 유입되지 않아 그 수가 점점 줄어드는 문제다. 하지만 해녀학교를 늦깎이로 참여하면서 그런 걱정도 한편으로 씻어낼 수 있었다. 나 또한 해녀학교를 통해 바다를 새롭게 발견하는 경험을 했고 어떻게든 제주 바다와 친해지고자 하는 젊고 도전적인 예비 해녀들을 만났다. 마을에서도 해녀 지망자들에게 진입 장벽을 낮춤으로써 젊은 해녀들의 활약도 눈에 띄고 있다.

이승에서 태어나 저승을 일터로 삼아야 하는, 외로운 소나무 같은 존재, 해도 달도 없는 날에 태어난, 사방이 물로 뱅뱅 둘러싸인 고립된 섬에 사는, 세 끼를 굶고 일해서 번 돈을 서방님 술값에 쓰는, 소로도 못

태어나서 한탄스러운 존재. 그러나 그런 악조건 속에서도 해녀들은 자신들의 노동으로 가정을 꾸리고 마을을 위기에서 건져내고 제주도를 먹여 살렸다.

제주해녀들은 숱한 시련 속에서도, 역사의 드센 격랑 속에서도, 자신들을 지켜왔고 그때마다 오히려 더 강해졌다. 해녀들을 위협하는 대내외적인 크고 작은 풍랑에서도 그녀들은 잘 이겨내리라고 나는 믿는다. 그리하여 불멸의 여신으로 남으리라는 것 또한.

참고 문헌

강대원(1973),『해녀연구』, 한진문화사.

고희영(2015),『물숨』, 나남.

김영돈(1999),『한국의 해녀』, 민속원.

김영돈 · 고광민 · 한림화 · 강만보(1996),『제주의 해녀』, 제주도.

유철인 정광중, 좌혜경, 진관훈, 고미,「통사로 살펴본 제주해녀』, 제주 특별자치도.

제1회 세계잠녀학술회의(2002), '해양문명사에서의 잠녀의 가치와 문화적 계승' 주제 자료집, 세계섬학회 · 제주대평화연구소.

제민일보 잠녀 기획팀(2006.6~), '제주 잠녀'기획.

제주대국어문화원(2006),『제주여성의 생애-살암시난 살앗주』, 도서출판 각.

제주여성작가회의 자청비(2014),「잠수 잠녀 제주해녀 그리고 우리』, 도서출판 각.

제주특별자치도 여성특별위원회(2002),『제주 여성, 일상적 삶과 그 자취』, 제주도.

제주특별자치도 여성특별위원회(2007),『제주 여성의 삶과 공간』, 제주특별자치도 · 제주특별자치도여성특별위원회.

조혜정(1982),「제주도 해녀 사회 연구」,『한국인과 한국문화』, 심설당.

좌혜경 · 권미선(2009),『제주해녀의 생업과 문화』, 제주도연구, 제주학회.

현기영,『바람 타는 섬』,『마지막 테우리』.

숨, 나와 마주 서는 순간

1판 1쇄 2015년 10월 30일
1판 2쇄 2015년 11월 20일

글 서명숙
사진 강길순
펴낸이 김정순
책임편집 배경란
디자인 김진영
마케팅 김보미 임정진 전선경

펴낸곳 (주)북하우스 퍼블리셔스
출판등록 1997년 9월 23일 제406-2003-055호
주소 04043 서울시 마포구 양화로 12길 16-9 (서교동 북앤드빌딩)
전자우편 editor@bookhouse.co.kr
홈페이지 www.bookhouse.co.kr
전화번호 02-3144-3123
팩스 02-3144-3121

ISBN 978-89-5605-422-3 03810

이 도서의 국립중앙도서관 출판시도서목록(CIP)은 서지정보유통지원시스템 홈페이지(http://seoji.nl.go.kr)와 국가자료공동목록시스템(http://www.nl.go.kr/kolisnet)에서 이용하실 수 있습니다.
(CIP제어번호: CIP2015028489)